PIMPERNELLCHE

PFÄLZER GESCHICHTEN

ANNA CROISSANT-RUST

Herausgeber: Culturea (34, Hérault)
Druck: BOD - In de Tarpen 42, Norderstedt (Deutschland)
Website: http://culturea.fr
Kontakt: infos@culturea.fr
ISBN:9791041907182
Veröffentlichungsdatum: FEBRUAR 2023
Layout und Design: https://reedsy.com/
Dieses Buch wurde mit der Schriftart Bauer Bodoni gesetzt.

ER WIRT MIR GEBEN

Pimpernellche

Pimpernellche war nur ihr Schmeichelname, der Vater hatte sie so getauft und niemand nannte sie mehr anders; eigentlich hieß sie Nelly, Nelly Heß und war ein kleines, altgescheites, naseweises, phantastisches und dabei doch überaus schüchternes Persönchen, für das der Name nicht schlecht paßte. Er kam nicht etwa daher, daß sich Nelly viel im Garten herumgetrieben hätte, wo das wohlschmeckende Kräutlein Pimpinell neben den anderen Salatkräutern gedieh, dem feinblättrigen Estragon und dem rauhen Borasch, er gefiel eben dem Vater und war gar nicht verwunderlich, wenn man das Kind kannte. Es war etwas Erfahrenes, Überlegtes in seinem Wesen, das sich sehr gut durch das »Pimper« ausdrückte, und wieder etwas Weiches, Ratloses, dem das »Nellche« entsprach. Stirn und Nase sahen ganz resolut aus, letztere ein keckes Stumpfnäschen, aber Kinn und Mund zerflossen hilflos. Ganz gewiß keine Schönheit, das kleine Pimpernellche, und doch unter den Vieren Vaters Liebling, die Älteste, die Vernünftigste, und in seinen Augen auch die Liebenswerteste.

Nein, vom Garten kam der Schmeichelname nicht, den sah Pimpernellche selten genug; sie hatte sich schon früh gewöhnen müssen, der Mutter die meisten Pflichten abzunehmen. Diese saß die meiste Zeit im Lehnstuhl, durch eine Krankheit am Gehen verhindert, die ihr selbst als kein großes Kreuz erschien, weil sie ihr erlaubte, still zu sitzen, die Arme bequem auf die Lehnen zu legen und zuzuschauen, wie andere arbeiteten. Und es bekam ihr sichtlich, so zu leben, ihr Teint und ihre Hände, die sie sehr liebte, blieben blütenweiß, und ihr Körper wurde schön rundlich, was immer die Sehnsucht ihrer mageren Mädchenjahre gewesen war.

War Pimpernellche dem Vater gegenüber die Liebenswürdige, Verständige, so war sie den zwei Brüdern, den »Buwe« gegenüber immer hartnäckig und widerhaarig, und stets tobte zwischen den dreien der wildeste Kampf, von seiten des männlichen Teiles mit Knüffen und Püffen, von seiten des weiblichen mit spitzen Redensarten, weisen Sprüchen und gelegentlicher Heulerei geführt. Trat der ernste Vater ins Haus, so verstummte alles, nur vor der Mutter gabs oft häßliche Zänkereien, für die immer Pimpernellche verantwortlich gemacht wurde, denn Mutter und Brüder lehnten sich gegen die Rechte auf, die ihr vom Vater eingeräumt wurden, und bildeten eine wortlose, aber sehr merkbare Verschwörung unter sich.

Immer sollte Pimpernellche nachgeben, immer hörte sie dasselbe von der Mutter: »Du bist die älteste, gieb du nur nach.« Das Nachgeben war gerade nicht ihre Sache, es stimmte schon eher zu ihren Pflichten, daß sie den »Buwe« weise Reden hielt und als leuchtendes Beispiel eines einwandfreien Lebenswandels sichtbar und merkbar vor ihren Augen umherging. In der Schule war sie stets unter den ersten, was man den »Buwe« niemals nachsagen konnte, und hatte sie im Zimmer bei der immer schläfrigen Mutter zu bleiben, um lange Strümpfe und kurze Socken zu stricken, so that sie's ohne Murren, obwohl sie auch mit den andern gern getollt hätte. Nun dafür sorgte die Mutter schon, daß ihr das Tollen verging, sie hielt sie mit Launen und Wünschen und Befehlen so in Atem, daß Pimpernellche froh war, wenn sie nur einmal Ruhe gab. Freilich, während das Mädchen in der Schule war, schlief sie, was ihre liebste Beschäftigung war, kam die Kleine aber heim, so ging der Tanz los. Und dabei durfte sie nicht allen Wünschen nachgeben, der Vater erlaubte es nicht, denn die Mutter wünschte unvernünftig und kehrte sich gar nicht daran, daß sie schlecht standen, so oft's ihr auch der Vater sagte. Mehr wie einmal hatte es Pimpernellche erlebt, daß sie sich einfach die Ohren zuhielt und zu schreien anfing: »Du hoscht mich geheirat't, unn mir versproche, mich uff de Händ zu trage, des muscht du halte. Ich will nix Wüschtes höre, ich kann's nit, geh fort, geh nor fort!«

Alles in ihrem unverfälschten Pfälzer Dialekt, der den Vater zur Verzweiflung bringen konnte. Daß er nicht gern in den »Gemächern« der Mutter war, auch zu Haus nicht gerade mit freudestrahlendem Gesicht herumging, fand Pimpernellche selbstverständlich. Sie war die einzige, die bei ihm sein durfte, wenn er abends in seinem Zimmer arbeitete, und wenn er oft dasaß, den Kopf in den Händen bergend, und ins Leere stierend, nahm ihr kleines sommersprossiges Gesicht den Ausdruck sorgender Wichtigkeit und ängstlicher Ratlosigkeit an. Sahen's denn die andern nicht, daß er sich kümmerte?

Sie sah's doch! Über ihre Märchenbücher schaute sie weg und las ihm die Sorgen von der Stirne ab. Aber sie hatte auch gleich einen Trost bei der Hand. Sie sollten nur warten, bis sie einmal groß war, und was in ihr alles steckte! In ihrem phantastischen kleinen Kopf, der mit Märchen und Geschichten vollgepfropft war, gingen die wunderlichsten Pläne durcheinander, die sie niemandem verriet, die sie in ihre Strümpfe mit einstrickte und in ihren Schulranzen mit einpackte. Sie gewöhnte sich, den Kopf wichtig und sorgend auf einer Seite zu tragen und den Leuten bekümmerte Gesichter anzumachen, dabei zwinkerten aber ihre Augen so verheißungsvoll, wie wenn sie sagen wollte: »Laßt nur mich erst wachsen und groß sein!«

Nicht, daß sie etwa immer voll Ernst und Strenge und Thätigkeit gewesen wäre, sie war sogar zu Zeiten wieder von krampfhafter Lustigkeit befallen, aber alle ihre Äußerungen der Lebensfreude fielen so kläglich plump und unbeholfen aus, daß die andern sie nur hänselten und sie dann mit zornrotem Kopf davonlief.

Nur einer störte sich nicht an ihren eckigen Sprüngen und blödsinnigen Lachausbrüchen, die kein Ende nehmen wollten, und an ihrem unmotivierten Kichern – das war Vetter Franz, der ihr altgescheites Wesen sowohl wie ihre Kummergesichter mit dem ihm angeborenen Phlegma übersah und sich lieber von ihr herumzerren ließ als von ihren Brüdern braun und blau schlagen.

Sie waren Freunde und er empfing sie so manchen freien Nachmittag in dem alten Patrizierhause. War die erste, wichtigste Frage »Is die Mamme drinn?« mit Kopfschütteln beantwortet, so begannen sie ihr Wesen in dem großen Hause, das von oben bis unten nicht vor ihnen sicher war. Auf dem Speicher spielten sie Komödie, wobei Franz allerdings meistens passiv blieb, und im Keller Räuber bis »se« heimkam und die beiden aufstöberte. Erwischte sie dann Pimpernellche bei ihrem langen roten Zopf, so blieb die Hand gewiß nicht dort, sondern machte sich nachdrücklich über den Kopf her, und ihre Hand spürte man! Pimpernellche zog sich in richtiger Erkenntnis der Sachlage immer gern aus ihrem Bereich zurück und betrat nie das Haus, wenn auf ihre durch die Thürspalte geflüsterte Frage: »Is se drinn?« Franz mit umwölkter Stirn bejahend antwortete.

»Se« war natürlich Franzens Mutter, eine hagere, starkknochige Frau mit gelbem Teint, die mit Vorliebe grüne und lila Hutbänder trug, was ihre Hautfarbe sehr erhöhte. Sie wurde von Pimpernellches Brüdern »Orangenkönigin« genannt, von der Mutter ihres Geschmackes wegen belächelt und von Franz und seinem Vater mit ziemlich hartnäckiger Schweigsamkeit behandelt, von allen aber eigentlich gefürchtet. Raste sie zu irgend einem Zimmer hinein, so schwiegen Mann und Kind, und hörte man ihren derben Schritt im Hausgang, so wurden die Dienstboten mäuschenstill.

Zur Zeit, als Pimpernellches Vater anfing mit schweren Sorgen herumzugehn, zerkriegte sich die Freundin und Kousine mit dem Freund und Kousin Franz. Eines Nachmittags nämlich, sie tragierte ihm eben eine große »königliche« Szene oben auf dem Speicher vor, frug er sie plötzlich, von Kauen erschwert – er kaute immer an etwas, diesmal an einem »Schmeerche«, einem dicken Stück Brot mit Eingemachtem – »du, isch wohr, ehr gehn kapores, ehr machen bankrott?«

Leichenblaß, heulend und wortlos warf sie ihm ihre Papierkrone an den Kopf und raste über die vier Treppen hinunter, über die Straße und die heimischen Stiegen hinauf, immer noch angethan mit dem langen rotgeblumten Kattunvorhang, der hinter ihr dreinschleppte, in den sie sich verwickelte und die Treppen zur elterlichen Wohnung hinauffiel, noch jämmerlicher schreiend. Sollte sie es der Mutter sagen? Um keinen Preis der Welt. Sie mochte ärgerlich und immer ärgerlicher fragen: »Was hoscht dann?« ihr sagte sie kein Wort. Oder etwa den Brüdern, die sie wie besessene Derwische umtanzten und sich in die Finger bissen vor Vergnügen über ihren Aufzug? Nein, das trug sie allein. In ihren Kattunvorhang gewickelt, saß sie auf einem Schemelchen am Ofen und ließ die Mutter schelten und die »Buwe« lachen.

Solch eine Roheit! Das hätte sie von Franz nicht erwartet. »Ehr gehn kapores«. *Kapores* hatte er gesagt! Dieser Ausdruck! Und das war doch gar nicht wahr, nein, so schlimm stand's gewiß nicht. Am Abend stellte sie sich mit Herzklopfen beim Vater ein und nachdem sie lange stumm bei ihm gesessen und vor Aufregung Gesichter geschnitten hatte, traute sie sich endlich mit ihrer großen Frage heraus: »Machen wir Bankrott?«

»Wie kommst du zu der Frage?«

Sie hatte gar nicht geglaubt, daß der Vater so bös aussehen könne! Die zwei dicken Falten auf der Stirn! Hätte sie doch lieber nicht gefragt! Das Weinen würgte sie und sie rutschte vor Scham und Ratlosigkeit auf ihrem Stuhl hin und her. Am Ende hatte sie dem Vater viel weher mit ihrer Frage gethan wie Franz ihr!

Und sie bot solch ein Bild des Schmerzes, daß der Vater sie auf die Kniee nahm, ihr zuredete und sie zu beschwichtigen versuchte, als ihre Thränen nun wirklich in ausgiebiger Weise rannen. Nein, es war nicht gar so schlimm, wenn es auch nicht gut stand. Sie und die andern alle sollten sich nur merken, daß sie sparen mußten, und alle sollten ihre Pflicht thun, wie er sie that.

Pimpernellche hielt sich steif aus den Knieen des Vaters und traute sich nicht seine Liebkosungen zu erwidern, nur als er ihr sagte: »Du bist ja mein verständiges Mädchen«, nickte sie heftig mit dem Kopf, denn all ihre Pläne fielen ihr wieder ein.

»Ich will helfen«.

An Franz ging sie wie ein Automat vorbei, nur drehte sie den Kopf zur Seite. Er hatte sie zuerst in gutmütiger Weise wieder angeredet, doch da sie ihn keines Blickes würdigte, bespöttelte er sie nach Jungenart wie die andern.

Also Franz war verloren, und die »Buwe« freuten sich noch dessen und lachten sie aus. Jetzt blieb ihr nur mehr die kleine Schwester, das goldlockige Sannchen, das sie sowieso schon zärtlich geliebt hatte.

Von nun an konzentrierte sich alles auf die Kleine, kein Opfer war ihr zu viel, sie versagte sich alles und gab dem kleinen, von allen verzogenen Nesthäkchen, was sie nur entbehren konnte.

Es gehörte zu ihren größten Freuden, die kleine Schwester im weißen Kleidchen in den Park zu führen. Sie hatte ihr von ihren Sparpfennigen eine blaue Schärpe gekauft und war vor Entzücken außer sich, wenn sich alles nach dem reizenden Kinde umdrehte, das jeden anlachte und seine Goldlocken kokett über die Schultern warf, das zierliche Knixe machen konnte und die Füßchen setzte wie eine Prinzeß. Da stand Pimpernellche daneben in seiner jungen Ältlichkeit und war so stolz, wie wenn sie die Mutter Sannchens gewesen wäre.

Die Kleine ward nicht nur von Pimpernellche, sondern auch von den Buwe und von der Mutter erst recht verzogen, und war zu Zeiten ein recht garstiges, eigensinniges Kind, das außer sich geraten konnte, wenn es nicht sofort alles bekam, was es begehrte, ganz wie die Mutter.

Vor dem Vater hatte Sannchen Furcht, ihm zeigte es nur seine liebenswürdigen Eigenschaften und verstand es, ihm so zu schmeicheln, daß er der reizenden Kleinen kaum etwas abschlagen konnte. Nur in der letzten Zeit wollte er sie nicht sehen.

Spät am Abend kam er vom Geschäft heim und schloß sich in sein Zimmer ein, die halbe Nacht arbeitend. Das eine oder andre Mal erlaubte er Pimpernellche bei ihm sitzen zu dürfen, doch bedrückte sein düsteres, sorgenvolles Wesen das Mädchen so, daß es oft still aus dem Zimmer schlich und in seinem Bette weinend einschlief.

An einem Novembermorgen in aller Frühe fuhr Pimpernellche erschreckt aus dem Schlaf in die Höhe. Es war einer jener grauen, schweren Tage, wo die Frühlichter braunrot brennen und dicke Nebel in den Straßen liegen, die klebrig und schwarz sind. Rieke, das Dienstmädchen, stand mit einer qualmenden Lampe vor dem Bette der Mutter und suchte sie zu wecken.

Riekens gutmütiges, dummes Gesicht war von Thränen überströmt, ihre Hände zitterten, und sie brachte nichts heraus wie: »Der Herr, der Herr!« Die Mutter wehrte schlaftrunken und scheltend ab, da sprang Pimpernellche mit einem Schrei aus dem Bett: »Der Vater, der Vater!« und lief im Hemd nach seinem Zimmer, alle Thüren hinter sich auflassend. Bald erfüllten ihre Rufe und ihr lautes, schmerzliches Weinen das Haus. »Mutter! Mutter!« zum ersten Mal rief sie die Mutter um Hilfe und klammerte sich an sie an, als diese endlich verstört und selber weinend wie ein Kind nachkam.

Da lag der Vater tot und kalt auf dem Divan, ganz wie wenn er schliefe, die große Lampe mit dem grünen Seidenschirm brannte noch wie sie die ganze Nacht gebrannt, die Bücher lagen aufgeschlagen und ein Glas Wasser stand halb ausgetrunken auf dem Tisch.

Das kleine Dienstmädchen erzählte unter Schluchzen, daß der Herr einmal in der Nacht geläutet habe, daß es ihm nicht gut gewesen sei, daß sie aber niemanden hätte wecken dürfen. Doch weil er so schlecht ausgesehen habe, sei sie wach geblieben und habe vorhin nachgesehen, und da sei er schon ganz kalt dagelegen.

Pimpernellche starrte das graugelbe Gesicht des Toten an. Konnte das sein? Gestern noch war sie bei ihm gesessen, und er hatte sie scherzend zu Bett geschickt und heute lag er tot? Es konnte nicht sein, es konnte nicht sein! So grausam durfte doch Gott nicht strafen!

Sie schleppte sich in die Schlafkammer zurück, wo die in Eile verlassenen Betten wirr durcheinander lagen, auf den Knieen liegend vergrub sie den Kopf in die Kissen und klagte und schrie und verzweifelte an Gott und beschwor ihn wieder: »Laß es nicht wahr sein, laß es nicht wahr sein!«

Sollte sie denn gar Keinen haben? Und sie rief in leidenschaftlichen Tönen nach dem Toten, sie sah ihn vor sich und bedeckte ihn mit Küssen. Wie ein ungestümer Quell brach ihre versteckte scheue Zärtlichkeit hervor, ein ungeheueres Schuldgefühl peinigte sie, daß sie dem Toten nicht mehr Liebe gezeigt, und sie preßte ihr flammendes Gesicht in die kalten Bettlaken, während ihr magerer Körper vor Kälte zitterte.

Draußen fiel lautlos ein wässriger Schnee, der sich an die Fenster legte und träge wieder zerfloß; zögernd kam die Helle in einem breiten Streifen durch's Fenster gekrochen.

Plötzlich überkam das vor Frost zitternde Kind ein ungeheures Mitleid mit sich selbst, mit dem armen Kinde, dem man alles, alles nahm, dem nichts blieb wie Härte und Lieblosigkeit, sie fühlte ein Bedürfnis, sich das zu sagen, sich gleichsam zu schlagen mit dem eigenen Schmerz, und fühlte eine Genugthuung vor Frost erstarrt da zu liegen in Leid und Weh. Zuletzt kroch sie aber doch in die Kissen und als sie wieder warm war und drüben die Stimme der Mutter in den schrillsten Tönen klagen hörte, zog sie sich an, um zu ihr zu gehn.

Das war nun das vernünftige, altgescheite Pimpernellche wieder, das die Mutter tröstete; nicht wie ein Kind die Mutter, sondern wie eine Mutter ihr Kind. Nicht mit weichen Worten und Liebkosungen, sondern klar und vernünftig suchte sie ihr zuzureden. Aber das half alles nichts. Sie schrie nur immer: »Er war immer so, alles heimlich, und jetzt macht er's widder so! ach Gott! ich überleb's nit! Nit ämol im Bett g'storbe! und die Buwe sin doch aach noch da!«

Ja freilich waren die noch da und mitten im Studium und sollten nun weiter lernen, obwohl sie faule, nichtsnutzige Schlingel waren, die einer strengen Zucht bedurft hätten. Und sie war auch da und wollte lernen und zwar noch recht viel und Sannchen – oh, sie wußte alles!

Wer frug denn jetzt danach? Wenn nur der Vater gelebt hätte, lieber hätte sie nun geputzt und gefegt ihr Leben lang, aber da trugen sie ihn fort und ließen sie mutterseelenallein für immer, denn das fühlte sie, die Mutter und die Brüder waren ihr nicht näher gekommen durch den Tod des Vaters.

Den ersten Tagen des leidenschaftlichen Schmerzes folgte eine Zeit dumpfer Trauer und Leere. Es war Pimpernellche, als hätte sie nichts mehr auf der Welt zu thun, bis der Vormund kam, der die ganze Familie versammelte, schließlich aber alle hinausschickte und nur Pimpernellche behielt, weil er mit der konfusen Mutter und den Buwe, die ihn nur stier und schläfrig anschauten, nichts anfangen konnte.

Der Vormund war Franzens Vater, ein gutmütiger Mann von etwas phlegmatischem Temperament, der nur durch den Willen seiner Frau zu irgend etwas von Wichtigkeit angetrieben werden konnte, und der sich ohne ihre Zustimmung kaum einen Entschluß zu fassen getraute. Die Rolle des Vormunds machte ihm nicht nur keinen Spaß, sondern beängstigte ihn. Entschlüsse fassen, dirigieren müssen war nicht seine Sache und jemandem Schmerz zufügen noch weniger. So saß er mißmutig und beinahe verlegen Pimpernellche gegenüber und versuchte ihr die Verhältnisse klar zu machen.

Das kleine Persönchen, noch schmächtiger und eckiger aussehend in dem schwarzen Trauerkleide, hörte mit leidlicher Fassung die umständlichen Auseinandersetzungen des Vormundes an. Also es stand schlimm. Etwas würde ja wohl bleiben vom Verkauf des Geschäftes, vom Vermieten des Hauses, natürlich müßten sie sich auf das alleräußerste einschränken, die Wohnung verlassen und die kleinste im Haus dafür nehmen, das Dienstmädchen fort thun – Pimpernellche sprang mit einem Schrei auf. Das ging sie an. Das hieß nichts anderes, als sie müsse den Dienstboten machen, weg vom Institut, von allem Schönen und Hohen, alle, alle Träume begraben! –

Sie fing bitterlich zu weinen an, so daß der Vormund versprach, er wolle sich alles noch einmal überlegen, genau berechnen. Aber nach ein paar Tagen kam er wieder und nun war's für immer aus, denn »sie« wollte es durchaus nicht.

Pimpernellche war in diesen Tagen ein paar Stufen von der erträumten Leiter ihrer Herrlichkeit heruntergestiegen. Sie legte mit tragischen Geberden die »Schauspielerin« beiseite, die sie bis jetzt als »hehres Ziel« vor Augen gesehen, und machte sich daran, die Kosten für einen Gelehrtenberuf zu berechnen, denn etwas Besonderes mußte doch aus ihr werden, das war von jeher bei ihr festgestanden. Aber auch dieser schöne Wahn sank und sie stieg tiefer und tiefer. Sie mußte wohl Erzieherin oder Lehrerin werden. So brachte sie also dies große Opfer, wenn auch von Zeit zu Zeit ihre Phantasie wieder aufschäumte und sie höher hob, sie blieb doch zuletzt bei der Lehrerin und *den* Kampf wollte sie mit dem Vormund ausfechten.

Es wurde aber gar keiner, denn gegen »ihren« Willen und »ihre« Meinung war nichts zu thun. Wie hatte sie nur glauben können! Überdies wußte ihr der Vormund ihre Pflicht so klar zu machen und behandelte sie ganz als Erwachsene, daß sie, die eine gute Portion Pflichttreue vom Vater geerbt, sich ergab. Natürlich drapierte sie sich in dieses ihr großes Märtyrertum und es war ihr ein Sporn, vom Vormund quasi als Haupt der Familie behandelt zu werden.

Nur hatte sie sich's doch leichter gedacht. Die ewigen Schimpfereien und Heulereien der Mutter, die die Wohnung nicht verlassen und keine ihrer Bequemlichkeiten entbehren wollte, die Brüder, denen es gar nicht einfiel, sich einzuschränken, und die kleine Schwester, die ganz naiv weiter begehrte, verleideten ihr alles und nahmen ihr das bischen guten Willen und verwandelten es in Bitterkeit. Sie war sich klar, daß sie Jahre zu diesem Dasein verdammt war, und daß es ihr kaum gelingen würde sich davon loszumachen.

Die Vierzehnjährige konnte vom Ernst des Lebens reden und von der Öde des Daseins, wie es sonst nur Menschen thun, die große Enttäuschungen erlebt. Allerdings that sie das mit einem übertriebenen Pathos, das in Anbetracht ihrer Jugend etwas Lächerliches hatte, aber es fanden sich doch manche, die ihr eine außergewöhnliche Reife und einen feinen Verstand andichteten und da sie anfing spöttisch zu werden und mit ihren Altersgenossen nicht verkehrte, fürchteten sie manche, besonders weil sie ihnen gegenüber eine ganz ungewöhnliche Überlegenheit hervorkehrte. Sie haßte förmlich alles Leichte, Fröhliche.

An einem hellen Maitag stieg sie mit einem Bündel Wäsche die Stiegen hinauf, als Franz, der in Gedanken zu ihrer alten Wohnung gekommen war, lachend wieder heruntersprang. Gleich faßte er sie in seinem Übermut um den Leib, drehte sie herum und wollte sie die Stiege mit hinabziehen. Sie, ganz von Verachtung erfüllt für seinen Leichtsinn, sah ihn mit einem strengen, alten Tantengesicht an, hielt sich steckensteif und sagte: »Schäm' dich! wo Vater doch –« im selben Augenblick kamen ihr aber die Thränen mit solcher Macht, daß sie sich auf die Treppenstufen setzen mußte, das Bündel Wäsche auf den Knieen.

Der Junge, gutmütig und verlegen, setzte sich neben sie und versuchte unbeholfen ihr die Hände vom Gesicht zu ziehen:

»Sei doch nit so«, sagte er halblaut, »es ist so schönes Wetter heut,« gleich wurde er aber puterrot, schämte sich furchtbar, daß er so was dummes gesagt und riß ihr die Hände von den Augen.

Dabei kollerte der Wäschebündel von Pimpernellches Schoß die erste Treppe hinunter, dann die zweite und fiel auseinander, die zwei schreiend hinterdrein, Franz von Herzen lachend, Pimpernellche bitterbös.

Aber er half ihr getreulich zusammensuchen, tröstete sie und erbot sich ritterlich ihr beim Auswaschen und Aufhängen zu helfen, daß sie ihm nicht bös sein konnte, zudem er versprach kein Wort zu verraten.

Nun schlichen sie vorsichtig zur Waschküche und Franz band sich eifrig eine Schürze um und ließ sich unterweisen. Sie fanden das so drollig und spaßhaft, daß selbst Pimpernellche herzlich lachte und Franz, nachdem er ihr die Wäsche auch noch nach dem Speicher geschleppt und rot und pustend sich beim Aufhängen beteiligte, nicht nur Verzeihung fand, sondern von nun an eine hervorragende Stelle in ihrem Herzen einnahm.

Ganz nach Kinderart noch liebte sie ihn, sie zeigte ihm auch nichts davon, aber sie dachte gern an seine gutmütigen Augen und seine warmen täppischen Kinderhände.

Es war überhaupt nicht ihre Art Zuneigung zu zeigen, sie erschien selbst Sannchen, die sie doch zärtlich liebte, immer als die Harte, die Weise, die Naserümpfende, die Erfahrene, und erst den Brüdern! Die haßten sie förmlich, sie ließ ihnen aber auch gar nichts hingehen, in ihrer Unerfahrenheit und Pflichttreue meinte sie, sie müßten ebenso korrekt sein wie sie.

Manchmal rappelten sich die Buwe aus ihrem für gewöhnlich faulen und bockigen Widerstand auf, und es kam zur offenen Rebellion. Dann stellte sich natürlich die Mutter auf Seite der armen Mißhandelten, die rein gar nichts von ihrem »Lewe hawe sollten«, und es brach ein endloses Lamento aus über Pimpernellches schändliches Benehmen, über ihre Knauserei.

Sie lebten doch weiß Gott wie die Bettler und wo das Geld hinkam, wußte man nicht, und keine Freude, keine Erholung hätte sie, die kranke Frau! Dabei konnte sie einen Strom von Thränen vergießen (das konnte sie immer), daß die andern sie gleich tröstend umstanden und Pimpernellche mit Vorwürfen überschütteten.

Kam sie nach kurzer Zeit wieder herein, noch zitternd vor Ärger und Aufregung, so war drinnen alles eitel Ruhe und Sorglosigkeit.

Die Mutter kaute an ihrer Chokolade, die sich seit langem als ein probates Tröstungs- und Ablenkungsmittel erwiesen, und Sannchen knabberte verstohlen mit. Die Brüder lümmelten am Fenster, hatten acht Finger andächtig zwischen den Zähnen und die Nase platt an den Scheiben und thaten so, als ob sie ihre Aufgaben repetierten.

Ob Pimpernellche eine Freude oder eine Erholung brauche, daran dachte kein Mensch. Ließ sie nur das Geringste davon verlauten, so war großes Geschrei und die Brüder wollten sich ausschütten vor Lachen.

Ansprüche? Was wollte sie denn um Himmelswillen? Solch eine »wüschte« Kreatur? Wer machte sich denn etwas aus ihr? Sie sollte nur in ihrer Küche bleiben, wozu war sie denn sonst auf der Welt?

Mit Sannchen war das ganz etwas anderes. Von Anfang an hatten es alle, selbst der Vormund für selbstverständlich gehalten, daß sie im Institut blieb, auch mußte sie immer gut angezogen sein, weil sie doch »mit de bessre Mädcher« ging. Zum Arbeiten im Haus hatte sie nie Zeit, dagegen wurden ihr stets Spaziergänge und dergleichen erlaubt, selbst Pimpernellche war ihr gegenüber schwach und freute sich, wenn sie rosig und frisch, »schön geputzt«, mit ihren Freundinnen die Straße hinunter schwänzelte.

Auch die Brüder verkehrten mit dem »Kind« in einer Art derber, täppischer und ungeschlachter Galanterie, die sich in Kneipen in die Arme, Tragen der Schultasche, Teilen von gestohlenem Obst und dergleichen äußerte.

Sannchen nahm alles an, wie wenn es ihr gebühre. Sie war kein liebenswürdiges, eher ein mürrisches, launisches Mädchen, das nur bitten, betteln und schön thun konnte, wenn es etwas erreichen wollte.

Ging es nicht nach Wunsch, so konnte sie bitterbös werden und häßliche Redensarten ausstoßen. Sie zerriß alles was ihr unter die Finger kam, biß und kratzte und suchte der Schwester obendrein noch irgend einen heimtückischen Streich zu spielen, der ihr eine kleine Freude nahm. Freilich weinte sie dann wieder darüber und versuchte Pimpernellche zu trösten.

Im Übrigen fand sie es ganz in der Ordnung, daß nichts für Pimpernellche und alles für sie war, auch daß die Ältere stets zurücktrat; in der Ansicht wurde sie natürlich von der Mutter bestärkt, die oft beim Anblick Sannchens seufzte: »ach des arm' Kind!«, worauf diese sofort prompt mit einem Thränenguß reagierte.

Sie war es doch, weiß Gott, die Opfer brachte! Wenn man ihre Freundinnen ansah, wie die angezogen waren, und wenn man sie von zu Hause reden hörte! Sannchen ballte oft die Hände vor Wut und räsonnierte den ganzen Tag in der Wohnung herum, weil ihr nichts recht war.

An einem Sonntag kam sie einmal ganz aufgeregt aus der Kirche nach Haus, sie hatte Geburtstag gehabt, ihren vierzehnten, und ein neues Kleid bekommen, das das praktische Pimpernellche in einem schönen Grau gewählt hatte.

Dies neue Kleid nun, an dem sie zuerst viel Freude gehabt, warf sie so verächtlich beim Ausziehen auf den Boden, mit solch erregten Geberden, daß Pimpernellche gleich wußte, es sei was los. Endlich nach verschiedenen Anläufen und dunkeln Redensarten kam's heraus.

Franz war ihr begegnet und hatte sie angesprochen, Franz, der ihr Haus schon seit langer Zeit mied, weil er sich mit den zwei groben jungen Herrn gezankt.

Und warum er sie angeredet? Es war nichts weiter als Hohn.

»Warum hast Du denn kein solch schönes, weißes Kleid an, wie Doktors Cläre, es müßt Dir viel besser stehn, besonders mit blauen Schleifen. Schaff Dir doch eins an, Du würdest mir ausgezeichnet gefallen.«

»Und die Cläre ist doch ein nett' Mädche und – und« heulte Sannchen und wußte ihres Jammers kein Ende. Mit den Füßen stieß sie das graue Kleid weg und warf Pimpernellche böse Blicke zu.

Die Mutter aber horchte auf: »Soso, ei, ei, der Franz! Guck ämol do!« Franz hatte doch die ganze Familie geschnitten wegen seines Streites mit den Buwe und nun –?

Franz war Primaner, studierte in Karlsruhe, und kam nur zu Ferien nach Haus. Er trug sich »foin« wie Frau Heß, Sannchens Mutter, sagte. Besondern Eindruck hatte ihr immer ein heller Überzieher neuesten Schnittes gemacht, in dem er auch gern an heißen Tagen prangte. Er ließ sich alles in Karlsruhe machen, bezog seine Stiefel aus Mainz vom allerersten Schuster und verachtete diejenigen, die gezwungen waren, in seiner Vaterstadt arbeiten zu lassen.

Merkwürdig oft war der Franz jetzt immer zu Hause, seitdem er Sannchen angeredet, fast jeden Samstag, und eines Tages erschien er wieder ganz unbefangen »in's Hesse«.

Die Mutter saß im Lehnstuhl, halbschlafend wie immer.

»Gutn Tag. No, wie geht's? Springen Se alleweil noch wie ä Hirsch, Madame Heß?«

Er hatte immer solche Scherze geliebt, und Frau Heß, die sonst sehr beleidigt war, wenn man auf ihren wachsenden Leibesumfang oder ihre Trägheit anspielte, lächelte huldvoll zu seinem Witz. Sie hatten sich immer ziemlich fremd gestanden, nie gedutzt, sie hielt ihn für den Verderber ihrer unschuldigen Knaben und hatte ihn mindestens danach behandelt.

Heute behandelte er die Buwe gönnerhaft, mit der Miene des Weltmannes, den Zwist ignorierend, bot er ihnen Zigarren an, die sie unter mütterlichem Angstgeschrei und dito verzweifelten Abwehrungsversuchen gierig zu dampfen begannen. Die Folgen ließen nicht auf sich warten, nichtsdestoweniger schüttete Madame Heß die volle Schale ihrer Huld über den dicken Franz aus.

Sie verstand. Wenn nur Sannchen auch verstanden hätte! War er da, gab sie ihm schnippische Antworten, echte Schulfratzenantworten, oder sie ging gleich gar nicht ins Zimmer.

»Was brauchscht'n Du immer vunn Karlsruh' rüwer zu fahre, bleib drüwwe!« sagte sie ihm.

War er fort, warf sie den Kopf nach hinten und that verächtlich.

»O der kleen, dick' fett' Kerl, nix wie Kleeder hot er.«

Vor einem Jahre noch hatte er sie ganz als Kind behandelt und versucht, sie in die Waden zu kneifen, das vergaß sie ihm nicht.

Aber der gute, dicke Franz war beharrlich. So manchen Samstag saß er geduldig der ewig klagenden Mama Heß gegenüber und wartete. Nur kam dann Sannchen entweder sehr spät oder gar nicht nach Hause. Daß sie während der Zeit mit ihren Freundinnen – manchmal waren auch ein paar Freunde dabei – draußen herumzog und sogar eine Flamme im Herzen trug, ahnten weder Franz noch die Mutter, selbst nicht die Brüder, die sonst alles von ihren Kameraden erfuhren.

Die Buwe hatten zu der Zeit einen feinen Sinn für die Schönheiten der Natur. Alle Samstage zog es sie in ein schönes, stilles Thal, in dem ein einsamer Wirt, der auch ein ähnlicher Naturfreund war, unzählige Halbe an sie unter Verschwiegenheit und für wenig Bares schenkte.

Sie begannen mit Sannchen rauher umzugehn, sprachen viel von Germanentum, Sittenreinheit, Einfachheit, Stärke, Kraft und Ehrlichkeit, schliefen am Sonntag immer wie die Bärenhäuter, spielten mit Bierkrügeln Fangball, rangen – d. h. balgten sich – miteinander, lachten stets in tiefen Tönen »hohoho«, hielten sich lange, ellenlange heimliche Pfeifen mit blaugelbroten Quasten und wurden von Franz als »komplett ruppig« bezeichnet.

Pimpernellche aber schwamm in eitel Glück und Freude. Franzens Besuche waren schon seit langer Zeit für sie wie ein Geschenk des Himmels, ja ihr einziges Glück gewesen. Immer hatte sie Franz ein wärmeres Gefühl bewahrt, seit der Kinderliebkosung.

Nun war aus dem kleinen rotbackigen Franz ein starker Franz mit dichtem Blondhaar geworden, nach dem sie immer verborgen vom Gangfenster aus schielte, während er sich draußen etwas arg geräuschvoll die Füße abkratzte. Er that natürlich, wie wenn er zum Besuch der Brüder käme, und getraute sich nicht mehr zu ihr zu sagen wie im Gang ein schnelles »Gu'n Tag Nelly« – er sagte immer »Nelly!« – »sin' die Buwe drinn?«

Wenn sie dann aber wieder in der Küche hantierte, legte sie jedem Wort, jedem Ton, jeder Bewegung Bedeutung bei, wie er ihr die Hand bot z. B., manchmal vergaß er's auch, dann hatte sie ihn natürlich erzürnt, und sie war tief unglücklich. So phantasierte sie sich eine Liebschaft zusammen, von der der beteiligte, schwer betroffene Franz keine Ahnung hatte.

Später, als das große Unglück für ihre Liebe kam, der Bruch mit den Brüdern, hatte sie wohl viel geweint, Tag und Nacht, denn diese reine, heilige Liebe war doch der einzige Stern im Dunkel ihres Daseins, hatte täglich auf einen Brief gewartet, der nie kam, hatte Franz auf der Straße flehentliche Blicke zugeworfen, die er nicht sah – er machte vor ihr kehrt wie vor den andern.

Wie schwer mußte der Edle gekränkt worden sein, daß er ihr diese Prüfung auferlegte! Aber sie hielt aus, still, tapfer und demütig, und nun kam er wieder! Kam wieder schöner und feiner als die andern Männer, äußerlich vor ihnen ausgezeichnet, ein Weltmann. Doch auch sie war nicht mehr das schüchterne, schmalbrüstige und unbeholfene Kind, ein großes Mädchen war sie geworden, breitschulterig und breithüftig von der vielen körperlichen Arbeit; wenn ihr auch die Fülle etwas fehlte, eckig war sie nicht mehr und schüchtern, auch sie konnte Weltdame sein, wie er Weltmann.

Sie begrüßte ihn freudig, aber mit der einer Dame geziemenden Reserve, sie war viel im Wohnzimmer anzutreffen, trotz der mißbilligenden Blicke der Mutter. Doch merkwürdig! bei längerem Verkehr stellte sich heraus, daß er, der Lustige, Muntere, still und blöd in ihrer Nähe wurde, unruhig auf seinem Stuhl hin und her rückte, wenn sie ihm von ihren Büchern erzählte oder gar ein kleines Gedicht vorlas. Ihr Herz jubelte, wie ihn die Liebe zag machte, den Stolzen!

Nur der Abschied war immer besonders herzlich, und seine Augen leuchteten auf, wenn sie ihm die Hand bot, weil sie häusliche Pflichten riefen.

Damals las sie »Dreizehnlinden«. Das hatte sie sich gewahrt, die Verehrung für ihre Bücher, und so manche Nachtstunde saß sie zusammengekauert in der Küche und las bei einem Kerzenstümpchen. »Dreizehnlinden!« und Franz, der kräftige, träumerische, blonde Recke war Elmar, ihr Elmar. Hundertmal unter dem Kochen seufzte sie »Elmar«! und es war ihr sogar schon passiert, daß sie von Franz gesprochen und ihn »Elmar« genannt hatte.

Die Situation dauerte über ein Jahr und Pimpernellche sah sich immer noch als die Ursache der heimlichen Besuche Franzens an, er dagegen befand sich immer noch gleich unbehaglich in ihrer Nähe. Er fürchtete sie, wußte nichts aus ihr zu machen, hielt sie für überbildet und spöttisch und dank dem schlecht verhehlten Jammer der Mutter und irgend einer brüsken Bemerkung der Buwe für eine Art von Hausdrache.

So was war seiner friedfertigen Natur ein Gräuel, davon hatte er genug zu Hause! Zudem war sie in ihrer Magerkeit durchaus nicht sein Geschmack, war so alt wie er und kam überhaupt für ihn nicht in Betracht, seine Liebeslinie bewegte sich einige Jahre tiefer. Von ihrer stillen und entgegenkommenden Anbetung merkte er, selber bis über die Ohren verliebt, gar nichts.

Ach! und er liebte unglücklich! Sannchen verstand seine vielen Besuche, seine zarten leisen und zarten lauten Andeutungen gar nicht, sie lachte dazu. Welch ein Kind! Aber sie würde noch verstehen lernen, wenn er erst kam an Weihnachten in der schmucken, blauen Dragoneruniform, das mußte sie blenden!

Und der Herr Freiwillige kam. Sporenklirrend, kurzgeschoren, mit hochwattierter Brust, über die die Schnüre der Uniform nur so spannten. Einen Zwicker hatte er sich beigelegt und ein Armband, das sich des öfteren nicht ganz ohne Zufall aus den Manschetten stahl und von ihm mit einer eleganten und zugleich energischen Bewegung zurückgeschleudert wurde.

Sannchen war nun fünfzehnjährig, körperlich sehr entwickelt und noch ebenso rosig und lockig wie als Kind.

»Goldengel« nannten sie die Studenten, während Pimpernellche in der Stadt »s Hesse Rothche« hieß.

Sannchen war ein wenig faul, verträumt, ein ganz klein wenig sentimental, ohne je die Realität in ihrem Interesse außer acht zu lassen, nicht allzu gefühlvoll, ziemlich rasch im Erfassen und schnippisch und treffend in der Antwort; nach außen sehr offen scheinend, repräsentierte sie ein gut Teil pfälzischer Art.

Dem Herrn Franz trat sie sehr seriös entgegen, nannte ihn trotz der Verwandtschaft »Sie« und duldete durchaus nicht, daß er sie mit »Du« anredete. Seine offenen und etwas forciert kecken Huldigungen nahm sie mit überlegener Kühle auf, so, wie wenn sie dergleichen schon lange gewöhnt sei und kaum der Beachtung wert fände.

Das entflammte jedoch den kühnen Krieger erst recht.

Er schloß sich, wenn auch mit der Herablassung, die er seiner Uniform schuldig war, den Buwe noch enger an, zog sogar mit ihnen nach dem stillen Waldthal, wo er wie sie laute Lieder sang, bunte Mützen trug und mit dem Schläger fuchtelte. Von Treue, Herrlichkeit und Freiheit brüllten sie, die Zeche bezahlte großmütig Franz, und beim Nachhausegehn steckte er ihnen Zettelchen zu, die sie an Sannchen abgaben.

Sannchen pflegte sie zu entfalten, ihr Gesicht zu einer Fratze zu verziehen, sie zusammenzuknüllen und den Buwe ins Gesicht zu werfen, was sie als einen famosen Witz mit ihrem »hohoho«-Baßgelächter begleiteten.

Zwischen Pimpernellche und dem edlen Krieger änderte sich das Verhältnis. Er saß ihr nicht mehr scheu gegenüber, er war zu ihr von »edler knapper Würde.« Er war auch nicht mehr der träumerische Jüngling, ein kühner Mann war er geworden, er war der Herr, dem sie sich demütig neigen mußte.

»Hier bin ich, Deine Magd, Deine Dienerin, ganz Dein Eigen, hebe mich auf und mache mich zu Deiner Herrin.«

Doch er wollte sie prüfen, er ward hochfahrend, kaum bemerkte er sie, nachlässig nur grüßte er, und wenn er sich den Mantel reichen und beim Anziehen helfen ließ, dankte er nicht einmal. Sie war seine Magd, ja, gewiß, sie war seine Magd, – immerhin – Pimpernellche machte die Augen unter Tags etwas weiter auf wie sonst, und in der Nacht schloß sie sie wenig und starrte und weinte auch, und sie fing an Konturen zu sehen, die ihr gar nicht gefallen wollten, und eines Abends sollte ihr die nackte, grausame Wahrheit klar werden.

Franz saß mit den Buwe in ihrem kleinen Zimmer. Die zwei angehenden Primaner hatten eingefeuert, daß der eiserne Ofen förmlich pfauchte. Pimpernellche hatte Bier in einem großen Krug für die drei besorgt und nun ging der »Humpen« – es war zwar nur ein ganz alltäglicher blau und grauer Krug – rum. Da saßen sie und brüllten in das tabaksqualmige Zimmer:

»Oo alte Bu-u-u-rschenherrlichkeit« und um dem »Einwilligen« zu gefallen – so nannten sie ihn witziger Weise! – auch: »O Elslein, liebstes Elslein«, und der lauteste war der Herr Soldat. Er hatte seinen Waffenrock der Bruthitze halber abgelegt, saß im Hemd, die Ärmel weit offen, dort, hatte eine blaugelbrote Mütze auf und eine erschrecklich lange Pfeife mit blaugelbroten Troddeln in der Hand, aus der er in den Pausen, in denen er nicht sang oder trank, ungeheuerlich viel Rauch blies.

Also sah der Held aus, als Pimpernellche, den Busen von Liebe, Eifersucht und Schmerz geschwellt, eintrat, gänzlich ungerufener Weise. Bei ihren ersten Schritten fuhr der Kriegerstudent zusammen, wähnend, es sei die Geliebte. Er ließ die Pfeife fallen vor Schrecken über den unwürdigen Anblick, den er ihr jetzt von hinten bieten mußte, und schnellte auf, seinen Waffenrock zu ergreisen. Aber die Buwe dämpften seinen Eifer. Karl der Ältere, »Kall« ausgesprochen, drückte ihn gleichmütig nieder: »'s isch nor der Pimpernell«.

»Ach so!« machte er, bückte sich um die Pfeife, trank den Humpen leer und reichte ihn hin, ohne sich auch nur umzudrehen.

»Da« sagte er, das war Alles.

Pimpernellche blieb starr stehn.

Alles war ihr klar, alles sah sie klar auf einmal.

Vor ihr saß nicht Elmar, der Held, der kühne starke Mann, sondern ein dicker, fetter Freiwilliger ohne Uniformsrock, mit einem roten, schweißigen, betrunkenen Gesicht und einem glatt rasierten Schädel, auf dem die Studentenmütze schief saß, nur vom linken Ohr gehalten, – und groß waren die Ohren obendrein! – und der Freiwillige war unverschämt gegen sie, war immer unverschämt gegen sie gewesen in der letzten Zeit, behandelte sie wie einen Dienstboten und – war in ihre Schwester verliebt.

Mit einer Wut ohne Gleichen riß sie ihm den Krug aus der Hand und schleuderte ihn zu Boden, am liebsten hätte sie sich auf den Helden Elmar gestürzt und ihm den Krug an den Kopf geworfen.

Das war gar kein Schmerz, nur ein Zorn ohne Maß und Ziel, über ihn, der ihr wie ein Betrüger, ein Verführer, ein Charlatan vorkam. Und sie konnte ihre Wut nicht anders ausdrücken, als daß sie floh und die Thüre mit aller Gewalt zuschmetterte.

Die drei sahen zuerst verdutzt den Krug an, dann die Thüre, die noch gewaltig bebte. »Jetzt rappelt's 'r aa noch!« meinte »Kall« gleichmütig, dann bückte er sich um den Krug, der ihm viel wichtiger war als die Emotion seiner Schwester, und der zweite sah ihm stier dabei zu.

Nein, er hatte nur unbedeutenden Schaden gelitten, so war alles gut, bis aufs Bierholen!

Der Einwillige hatte zuerst gerade hinausplatzen wollen, das Lachen verging ihm aber wunderlicher Weise sehr schnell und kam nur als ein vergurgeltes Räuspern zu Tag.

Wahrlich, er schämte sich, er hatte sich patzig betragen. Pimpernellche war immerhin ein erwachsenes Frauenzimmer, wenn auch kein ihm lieblich dünkendes, und immerhin die Tochter des Hauses, mit der er früher treue Freundschaft gehalten.

Ein guter Junge wie er im Grunde war, wollte er sich beim Nachhausegehn entschuldigen, aber Pimpernellche blieb unsichtbar und ließ sich auch durch das Getrommel an ihrer Thüre nicht herbeilocken, auf welch zarte Weise die Brüder den Wunsch nach ihrer Anwesenheit anzudeuten beliebten.

Pimpernellche war wie ein vom Bogen abgeschnellter Pfeil direkt in die Schlafstube gestürzt. Sie hatte geglaubt, Mutter und Schwester schon schlafend zu finden, und sich in ihr Bett verwühlen, sich dort ausschluchzen zu können, »wie ein wundes Tier«, sagte sie sich immerwährend vor.

Nun traf sie wohl die Mutter in tiefem Schlaf, aber Sannchen war noch wach. Mit gelösten Haaren stand sie vor der Kommode, deren oberste Schublade aufgezogen war, und hielt etwas in der Hand, das sie blitzschnell in der Schublade verschwinden ließ. Dann kämmte sie vor dem Toilettespiegel ihr langes Haar, wie wenn sie nie etwas anderes gethan.

Pimpernellche kroch schaudernd unter die Decke und wartete auf den großen Ausbruch ihres Schmerzes. Sonderbarer Weise wollte er gar nicht kommen, obwohl sie sich gehörig mit Selbstverachtung dazu anstachelte. Es hielt sie wohl die Gegenwart der Schwester ab.

Immer schielte sie nach dem Lichtstreifen, der durch ihre Decke drang, endlich kroch sie vor und hob behutsam den Kopf und sah Sannchen an.

Die Spitzen ihrer Haare flammten von dem vor ihr stehenden Licht und in dem großen, verräterischen Spiegel sah Pimpernellche etwas Merkwürdiges.

Sannchen hielt eine Photographie in der Hand, ihr ganzes Gesicht glühte, ihre Augen funkelten, die Lippen waren halb geöffnet. Plötzlich riß sie das Bild an ihren Mund und küßte es wieder und wieder, drückte es an ihre Brust und faltete die Hände leidenschaftlich darüber.

War das die Liebe, dieser Sturm, dieser Aufruhr, dies wilde Wesen?

Pimpernellches Herz klopfte, das war etwas Fremdes, vor dem sie Scheu hatte – und wie schön ihr die junge Schwester erschien und doch wie fremd in ihrer Erregung!

O, so hatte sie die Liebe nicht gekannt, nie – und es kam eine förmliche Beruhigung über sie, trotzdem ihr Herz klopfte.

Und dann auf einmal packte sie eine große Sehnsucht, die aufschrie und sie stammeln ließ: »Ich auch, ich auch will meinen Anteil am Leben, ich auch will geliebt sein!« Keinen lockigen Helden, keinen Schemen, kein Ideal, sie wollte von einem Manne geliebt sein, wie die Schwester geliebt war.

Zum erstenmal zog etwas wie Neid durch ihr Herz – fiel denn kein Tropfen Glück auf sie, immer nur auf andere? Die ganze Nacht warf sie sich herum und weinte und sehnte sich. Sie wollte nicht weiter Sklavin sein, nicht weiter das häßliche Pimpernellche, das in der Herdasche wühlen und nach der schönen Schwester schauen durfte – gleiche Rechte, gleiche Pflichten – und vor Demütigungen wollte sie sicher sein.

So klug war sie zu wissen, daß zu ihr wohl nie ein Märchenprinz kommen würde, sie aus der Asche zu heben, ihr strahlende Gewänder überzuwerfen und ein blitzendes Krönlein ins Haar zu drücken. Ach, ihr paßte der goldne Schuh nicht. Schönheit und Anmut waren nicht ihr Los.

»Was geb' ich d'r for dein Kopp, ä G'sicht sollscht hawwe,« hatte ihr vor kurzem »Kall« gesagt:

Ä G'sicht sollscht hawwe! Richtig. Aber »ä G'sicht« hatte sie eben nicht, damit mußte sie sich abfinden.

Irgendwo in der Welt gab's vielleicht doch irgend einen Menschen, der auch ihren »Kopp« und ihr Wesen liebte, irgendwo – hier nicht. Aber irgendwo, draußen in der Welt. –

Wenn Sie hinausginge in die Welt?

Ihr Herz fing an mächtig zu schlagen und sie getraute sich gar nicht den Gedanken auszudenken, schielte nur von fern nach ihm.

In die Welt!

Der nächste Tag war ein Sonntag und der erste April. Ein herrlicher, sonniger Frühlingstag, der wie ein Gottesgeschenk heruntergefallen war nach all den rauhen, eisigkalten Märztagen.

Sannchen war schon in aller Frühe auf, ganz gegen ihre Gewohnheit und trällerte in den Stuben umher. Schon um 10 Uhr flog sie im hellen Kleide die Straße hinab und Pimpernellche schaute ihr nach, es war etwas von ihrem alten mütterlichen Stolz in dem Blick.

Da ging sie hin, etwas tänzelnd, frisch, elastisch, ganz Frühling, ganz Leben. Ein paar Studenten sahen sich nach ihr um, ein Herr blieb stehen, es war ein Triumph für Pimpernellche sich sagen zu können: »Dieses schöne Geschöpf will ihn nicht und er leidet deshalb.«

Unaufmerksamer und gleichgültiger hatte sie nie gekocht und wichtiger war sie sich auch nie erschienen. Sie fühlte sich vor einem neuen Lebensabschnitt stehen, sie wollte ihr Joch abschütteln, der Gedanke benahm ihr Hirn so, daß sie ganz konfus war.

»Schote!« sagten die »Buwe«, mehr gestatteten sie sich nicht ihrer Konstitution halber, die nicht auf Alterationen berechnet war. Sie waren kurz und langsam in den Bewegungen, im Gymnasium schlugen sie auch durchaus kein schnelles Tempo an, sondern hatten immer Treue gezeigt in Beibehaltung derselben Klasse.

Es wurde ein denkwürdiger Sonntag für den »Schote«.

Das Denkwürdige war nicht, daß Franz gleich nach Tisch kam um die Brüder abzuholen, und bei der Gelegenheit eine lange Standrede an Pimpernellche hielt, an deren Schluß Sannchen in ein echtes, ungezogenes Kinderlachen ausbrach, dasDenkwürdige war auch nicht, daß sie sich dabei höchst korrekt, nein »stählern« hielt, obwohl das wohl schon ans Denkwürdige grenzte.

Denn wie sie Franz behandelte! In Gegenwart aller sagte sie: »Sie« (*Sie* sagte sie!) »werden sich noch viel an- und viel abgewöhnen müssen«, machte eine hochmütige Bewegung mit dem Kopf und ging. Im Schlafzimmer vor dem Spiegel machte sie's nach.

Gehalten wie eine Heldin! Aber elend und käseweiß sah sie aus, es hatte sie doch aufgeregt. Jetzt wußte sie aber, daß sie das Zeug in sich hatte zu etwas anderem, daß sie keine feige, unterwürfige Natur war, daß sie aufschäumen, verachten konnte – und war sie auch nicht aus dem Holz, aus dem man Königinnen schnitzt, so war doch etwas von dem Holz in ihr, aus dem man Heldinnen schnitzt, das fühlte sie. Nur Raum – nur Leben!

Die Mutter ließ ein großes Gezeter los über ihre zwei dummen »Gäns von Mädcher«; zum erstenmal war sie ernstlich bös über ihr geliebtes Sannchen, weil sie den Einwilligen fortdauernd niederträchtig behandelte.

»Jetzt fangt die Anner aa noch an« schrie sie Pimpernellche an, »daß er jo de Leede kriecht, so dumm, so dumm! Sein Glück so mit Füße zu trete!« (das galt wieder Sannchen, –) »meenscht Du die Verehrer fallen vum Himmel?«

Das Thema Verehrer war so unerschöpflich, daß Sannchen bei der ersten besten Gelegenheit verschwand. Nun brummelte die Mutter weiter, bis sie sich endlich in den Schlaf gebrummelt hatte, und noch im Schlaf behielt sie eine äußerst mißbilligende Miene.

Im ganzen Haus regte sich nichts. Sannchen war im schönsten Staat ausgeflogen, vorher die Buwe mit Franz, nachdem sie ein Rüchlein schlechten Knasters hinterlassen, das trotz der weit geöffneten Fenster nicht weichen wollte.

Pimpernellche ging in den Zimmern hin und her, und wenn sie an einen Spiegel kam, streckte sie sich und blinzelte hinein, wie ihr die Verachtung zu Gesicht stünde. Kam sie an das Bücherregal, so warf sie einen Blick halb der Trauer und halb des Mitleids auf »Dreizehnlinden.«

Fahrwohl Elmar, fahrwohl schöner Traum, fahrt wohl Jugend und Märchen! Ausgeträumt ist für mich, und das *Leben*beginnt.

»Halte die Augen offen, Einsame, Unerfahrene, hüte dich!« So hatte sie heute Morgen in ihr Tagebuch geschrieben.

Es war eigentlich kein richtiges, sondern ein altes französisches Schreibheft mit einigen verbes irréguliers, letztes Zeichen ihrer Liebe zur Wissenschaft! Sie hatte geschwankt, ob sie das halbausgeschriebene in der Wirtschaft oder im Dienst der idealeren Sache verwenden solle und sich für das Letztere entschieden, natürlich ließ sie ein weißes Blatt zwischen dem letzten verbe und ihren jetzigen Gedanken.

»Lerne zu vergessen und Stärke zu gewinnen« schrieb sie als zweites, schon eine Stunde danach. Sie hatte zuerst schreiben wollen »um stark zu werden«, aber »Stärke zu gewinnen« machte sich doch viel besser, sie hatte immer »eins« im Aufsatz erzielt.

Plötzlich blieb sie vor den Büchern stehen. Ein altes, schöngeistiges Fräulein, zu dem sie manchmal kam, hatte ihr neulich einen Band Bourget gegeben; natürlich hatte sie nur aus Höflichkeit genommen, denn Bourget – nein! Nun betrachtete sie den geschmackvollen Einband nachdenklich.

Neues Leben, neue Bücher, und wenn es zu gefährlich wurde, konnte sie ja immer aufhören. Und sie setzte sich in großer Spannung ans Fenster und begann zu lesen, eifrig, alles ringsum vergessend.

Die breite Straße zogen eine Menge sonntäglich geputzter Menschen hinunter nach den Anlagen, man hörte ihr Schwätzen und Lachen deutlich im Zimmer. Aber Pimpernellche sah und hörte nichts, sie saß mit rotem Kopf, das Buch nah an ihre kurzsichtigen Augen gerückt, und staunte über den Zauber, der aus ihm emporstieg.

Plötzlich irritierte sie etwas, sie wurde durch irgend etwas in ihrer Lektüre gestört, widerwillig, wie unter einem Zwange mußte sie von dem Buch aufschauen und ihre Augen nach der Straße richten.

Und das Denkwürdige begann. Ihrem Fenster gegenüber, mit dem Rücken gegen die breite Hausthüre drüben gelehnt, stand ein Mann, der starr nach ihr blickte, der schon geraume Zeit nach ihr geblickt haben mußte.

Pimpernellche wurde unruhig. Sollte das ihr gelten? Sie erhob sich schnell, bog sich weit aus dem Fenster und sah die Straße links und rechts hinauf – überall alle Jalousieen geschlossen. Schnell setzte sie sich wieder mit der Empfindung sich blamiert zu haben, und verkroch sich hinter die Blumenstöcke. Aber durch die grünen Blätter sah sie mit halb zugekniffenen Augen nach dem vis-a-vis. Was wollte der fremde Mann? Er stand immer noch und starrte nach dem Haus.

Ein paar Vorübergehende schauten ihn neugierig an, weil er so hartnäckig an das Thor gelehnt stehen blieb, so was that man nicht in der Stadt! Da begann er langsam die Straße hinabzuschlendern, gestoßen und gepufft von den Nachkommenden, die es eiliger hatten als er.

Welch vornehme, nachlässige Bewegungen! Welch aristokratische Erscheinung! Wie er hervorstach unter den Biedern mit ihren in der Vaterstadt gebauten Röcken! Er fiel ganz aus dem Rahmen im Schnitt seiner Kleidung, im ganzen Gebahren ein Großstädter, wie aus ihrem Roman gestiegen, ja, ganz so!

Unbewußt ihrer alten Neigung getreu, wurde er gleich mit einem Nimbus umgeben, nicht mehr der Held Elmar freilich, ein anderer Held, ein Großstadtmensch, ein Gehirnmensch, ein verfeinerter Mensch, und sie mußte lächeln, wenn sie an Elmar-Franz dachte, den Dandy ihrer Heimat, der in seinen Kleidern steckte wie die pralle Wurstfülle in der Haut. Erfahrungen mußte man haben, vergleichen können!

Was er nur hatte, dieser Großstadtmensch, daß er sich das Haus so angelegentlich betrachtete? Sie hatten's zwar zum Verkauf ausgeschrieben seit Jahren, aber was sollte dieser vornehme Mann mit diesem Haus?

Einen Augenblick dachte sie an die goldlockige Schwester, aber die war ja fort, amüsierte sich draußen und zudem war sie fest versorgt, wie sie seit gestern wußte.

Jetzt kehrte er auch noch um, wahrhaftiger Gott! Und wieder ging er auf das Haus zu, und seine Schritte verlangsamten sich, und wieder fixierte er das Fenster. Sie hielt den Atem an: Ging er weiter?

Kaum zwei Häuser weit war er gekommen, so schaute er sich schon wieder um. Sie kam sich recht albern vor mit ihrem Versteckspielen und stellte sich aufrecht ans Fenster:

Ent- oder weder, wie die Herrn »Buwe« zu sagen pflegten. Wollte er etwas – gut, wollte das Leben etwas von ihr, hier stand sie, mit klaren Augen, ohne Beben wollte sie allem ins Antlitz schauen.

Er ging quer über die Straße, das sah sie; sein Überzieher war hellgelb und der Anzug schwarz, dabei trug er einen Cylinder und einen Kneifer mit breitem Rand, das stand fest. Aber nun wurde sie schon unsicherer, denn er näherte sich ihr immer mehr, und jetzt – war er beinah dicht unter ihrem Fenster, sie hätte fast seinen Cylinder greifen können, und er sah sie an, lange, eindringlich.

Was sagten denn seine Augen? Um Gottes willen, was sagten sie? Eine Frage war drinn, eine dringliche, gespannte Frage – und sie, sie verstand ja nichts, rein nichts, hilflos war sie diesen großen, tiefliegenden Augen gegenüber, die sie in einem fort förmlich anflehten –

Da hob er den Hut, ehrerbietig und resigniert, die Augenlider unter dem Hornkneifer gesenkt, entfernte er sich rasch, ohne noch einmal umzusehen.

Pimpernellche hätte sich die Haare ausraufen mögen, da ging es vorbei, das heiße, reiche Leben, und sie hatte die ausgestreckten Hände zurückgezogen! Wußte sie doch nicht einmal, ob sie für seinen Gruß gedankt hatte!

Wars nun für immer vorbei?

Hatte sie, die Ungeschickte, Unerfahrne ihn etwa verscheucht?

Die Stirne hätte sie sich zerschlagen, sich die Kleider vom Leib reißen mögen, über sich herfallen, sich austoben – da war er ja der Prinz, und *er hatte ihr etwas gewollt*, ihr, ihr!

Die ärgerliche Stimme der Mutter, die sie schon ein paarmal gerufen, brachte sie wieder zu sich. Sannchen hatte bei ihrem eiligen Weggang alles im Schlafzimmer kunterbunt durcheinander geworfen, die Mutter hatte die Verwüstung gesehen und Pimpernellche mußte natürlich wieder Ordnung machen.

Beim Anblick der offenen Schubladen kam ihr das nächtliche Bild wieder, – am Ende war er – ? – die Photographie in des Kindes Hand, sein leidenschaftliches Gebahren –

Die obere Schublade war unverschlossen und Pimpernellche begann mit zitternden Fingern alles zu durchwühlen.

Was sie sonst als eine Gemeinheit verachtet hätte, erschien ihr jetzt als ein Akt der Notwehr, als Selbsterhaltungstrieb; sie durchsuchte jede Ecke und fand endlich in einem Päckchen Briefe einen festen, steifen Gegenstand, die Photographie.

Sie zog sie rasch vor, fast hätte sie aufgeschrieen, *nein*, nein, er war es nicht!

Ein blutjunges Bürschchen, mit einem Anflug von Schnurrbart, dunklen, kecken, etwas vorstehenden Augen, im Ganzen ein ziemlich eigenartiger, mehr fremder Typus.

Diese zwei Kinder! So jung, so jung! Eine Welle von Zärtlichkeit überflutete Pimpernellches Herz, wie eine Mutter fühlte sie für die junge, unerfahrene, leichtsinnige Schwester und aus einer mütterlichen Regung griff sie zum obersten Briefe und las ihn.

Oh, das waren keine Kinder mehr, die das schrieben, das waren Menschen, die die Liebe kannten. Und das hatte das kleine Schwesterchen verstanden, ohne sich Belehrung zu holen bei ihr oder bei der Mutter? Das war ihr ins Herz gepflanzt. Das kam also wie der Sturmwind, wie das Unwetter über die Kinder der Welt –!

Und Pimpernellche lief an ihr Tagebuch und schrieb mit Schauern vor der Gewalt der Liebe, die gebraust kam wie die Windsbraut: »Und kommt die Liebe, so beuge Dich in Demut, aber breite die Arme aus und schreie, *schreie* wie einst die entflammten Krieger schrieen, die ins heilige Land zogen: »Gott will es, Gott will es.«

Mit Ehrfurcht legte sie das Päckchen Briefe zurück, schloß sorgfältig ab und steckte den Schlüssel ein, damit kein Profaner die Stätte der Liebe entweihe.

Der Tag blieb sonnig, warm und klar, und das Licht drang auch am Abend noch kräftig durch die Fenster.

Wie eine glühende Verheißung lohte der Brand am westlichen Himmel und noch lang, nachdem die Sonne gesunken, zogen sich blutrote Bänder über den dunkeln Horizont, allmählich verlöschend. Es war schon fast ganz Nacht, als Sannchen nach Haus kam, hinter ihr die Buwe.

Die Mutter hatte die ganze Zeit am Fenster gesessen und gespannt die lange Straße hinabgeschaut. Sie war sehr unwillig und empfing Sannchen mit Schelten über ihr spätes Nachhausekommen.

»No sin mir nit Kawalier genung?« meinte »Kall«, der Ältere, der immer den Wortführer machte.

»No un der Franz?« fragte die Mutter entgegen.

»Der Franz, ha, der, der is heem.«

Mehr war nicht herauszubringen, aus allen Dreien nicht, verstimmt schien Sannchen und verstimmt war die Mutter, sodaß man bald zu Bett ging, die Mutter, nachdem sie lang vergebliche Versuche gemacht, Sannchen ins Gebet zu nehmen.

Als alles dunkel war und die Mutter laut schnarchte, – sie hatte immer einen guten Schlaf, obwohl ihre Hauptbeschäftigung unter Tags der Halbschlummer war – tastete sich Pimpernellche an Sannchens Bett. Sie kam halb als die Mutter, die Sorgende, Mitfühlende und halb als die Unsichere, die Unwissende, als die Einsame, die es nach Mitteilung verlangte, die voll Ratlosigkeit war.

Sannchen stellte sich zuerst schlafend und wollte die Schwester gar nicht verstehn, erst als sie von dem vergessenen Schlüssel hörte, rückte sie bereitwilligst im Bett, ja sie zog Pimpernellche mit offenbarer Hast hinein und mahnte sie leise zu sprechen. Zuerst stellte sie sich allerdings, als verstünde sie nichts, allmählich aber wurde sie zutraulicher und zuletzt fing sie zu weinen an.

Sie hatten sich heute gezankt, Franzens wegen, der sich so aufdringlich benommen. Sie war ungezogen gegen Franz gewesen und dann auch grob mit *ihm*, und er war ihr jetzt bös.

»Wenn nur der Franz nix der Mutter sagt! Wenn's nur niemand im Institut erfährt! Die Buwe sagen ja nix, die wissen's schon lang« – und plötzlich warf Sannchen ihren Kopf hin und her, und es überfiel sie eine Art Wut, daß sie anfing laut und heftig zu reden.

Oh, wenn sie nur nicht so jung wären! Sie noch im Institut! Wie wenn das nach dem Alter ginge! Wie wenn sie sich nun nagelsgroß um das Lernen scheere, wie wenn sie sich je darum gescheert hätte! Und er wollte das gar nicht. Ihm war's egal, was sie im Kopf hatte, Gelehrsamkeit oder keine, wenn sie ihn nur liebte. Aber nun der Streit, die Eifersucht.

»Wenn ich 'n nur jetzt heiraten könnt'! Nur nit warte!«

Pimpernellche tröstete und streichelte Sannchen und war ganz erstaunt, daß aus dem halbphlegmatischen Kind solch eine Unrast geworden war. Aber das Trösten empörte sie nur und sie schrie Pimpernellche an:

»Glaabscht dann ich krieg wieder so E'n'n?«

Und sie schrie so laut, daß die Mutter wach wurde und fragte was denn wäre. Da blieben sie mäuschenstill und krochen unter die Decke, bis alles ruhig war, dann fing Pimpernellche an zu erzählen, stockend und voll Scham, sie beschrieb den Fremden, deutete auch sein merkwürdiges Gebahren an. Jetzt wurde Sannchen interessiert. Sie setzte sich in die Höhe, stützte sich auf die Ellenbogen und verlor kein Wort der Schwester.

Nein, sie wußte nicht, wer er war, sie kannte sonst alle jungen Herrn in der Stadt, es mußte ein Fremder sein; und sie hörte eifrig zu.

Als aber Pimpernellche gar nicht aufhörte und dem jungen Blut wirklich der Schlaf kam, gähnte Sannchen laut und bald schlief sie fest.

Pimpernellche verließ sie enttäuscht. Nein, sie hatte keine Gemeinschaft mit der Schwester, die empfand und handelte anders, auch die schwersten Sorgen dauerten nur Augenblicke für sie. Ihr Leben würde wohl sonniger, heiterer sein, als das ihre! –

Die nächsten Tage stand Pimpernellche viel am Fenster, und auch wenn es Nacht wurde, konnte sie sich nicht entschließen ihren Posten zu verlassen, es waren lichte, weiße Mondscheinnächte und die Straße hell wie am Tag, so daß sie oft bis zehn Uhr stehen blieb und hinausschaute, doch niemals sah sie ihn. –

Eines Abends kam Sannchen hastig nach Haus gerannt, ganz gegen ihre Gewohnheit, sie liebte eher ein bequemes Schlendern; geradewegs in die Küche kam sie, wo sich Pimpernellche mit der Zubereitung eines Härings beschäftigte, was ihr ein Gräuel war.

»Du, ich hab'n g'sehe!« rief sie triumphierend, ganz nach Kinderart diesmal.

»Wen?« fragte Pimpernellche, obwohl sie's wußte und dunkelrot geworden war.

»Wen?« machte Sannchen, fast geärgert, »natürlich den vom Sonntag. Er war vorm Institut, und mir sin all in eener Reih' gange', die ganz Straß' hawen m'r gebraucht. Er hat uns awer ä Kompliment gemacht! Wie vor'm Ferschte! Die Annere hawen zu kichere angefange, aber ich hab'm fein gedankt. G'rad so war er angezoge wie am Sonntag, und die Kläre sagt, er hätt' uns alsfort uff die Füß geguckt. Es is awer aach ä Skandal, ä paar hawen noch so kurze Röck –! – unn ä Maler is er, nun Herr von Reitz heeßt er, des weeß ich alles!«

Damit machte sie Pimpernellche einen spöttischen Knix und war wieder verschwunden.

Pimpernellche schlief mit seligen Gedanken an ihn ein und nahm am nächsten Morgen seufzend ihren großen Marktkorb, um einzukaufen.

Wenn *er* sie so sähe! Sie tröstete sich damit, daß junge Herrn seines Schlages kaum vor neun Uhr schon Toilette gemacht und gefrühstückt haben könnten. Sie stellte sich natürlich vor, wie er im elegantesten Zimmer des ersten Hotels in einenseidnen Schlafrock »gewickelt« seine Schokolade »schlürfte« und seine »feinen, wohlgepflegten« Hände die Briefe und Zeitungen musterten.

Da! – o Schrecken über Schrecken, da kam er! Sie blieb wie angewurzelt stehen, in echt weiblicher Schlauheit ließ sie den großen Korb zur Erde gleiten und stellte sich, wie wenn sie die Blumen der Verkäuferin mustere. Das Blut drohte ihre Backen zu sprengen, die Kniee zitterten, sie verstand kein Wort der Verkäuferin, der ganze Markt drehte sich um sie – da hörte sie eine Stimme, aufschauen konnte sie nicht, *seine* Stimme, zuerst in gleichgültigem Handel mit der Verkäuferin, – er wählte einen großen Strauß Veilchen, – dann zu ihr gewendet in leisem, ehrerbietigen Ton:

»Gestatten Sie, mein gnädiges Fräulein?«

Und wirklich, sie brachte es fertig, sie schaute ihn an. Schön sah sie im Augenblick nicht aus, so dunkelputerrot, mit unsicherem Blick und dem krampfhaft zum Lächeln verzogenen Munde, aber: »lächle, lächle, verscherze Dein Glück nicht, halte Dich aufrecht, bedenke, aus welchem Holz Du bist!«

Und sie hielt sich kerzengrade, sie schaute ihn an mit gewaltsam aufgesperrten Augen, ungefähr so wie man in die Sonne schaut. Ungefähr so viel sah sie auch von ihm, was man von einem Blick in die Sonne sieht, sie streckte die Hand nach den Veilchen aus, sie versuchte sie mit bebenden Fingern an ihrer Taille zu befestigen, sie brachte ein freudiges und doch gemessenes »Oh, danke!« zu stande und erwiderte auf seine Vorstellung mit einer regelrechten Verbeugung. Also wirklich Künstler?

Ihr Herz hüpfte unter einem Tusch von Trompeten, unter Flöten und Cymbelgetön. Ja sie stand mit Hoheit vor ihm, aber endlich entschloß sie sich zum Gehen.

»Würde Ihnen meine Begleitung lästig sein?« frug er in einem warmen, dringlichen Flüsterton, der sie verwirrt machte und sich um sie schloß wie weiche, schwüle Luft.

Da sie nicht gleich antwortete, fragte er noch einmal: »Gestatten Sie, gnädiges Fräulein?«

»Bitte!« sagte sie gepreßt. Wie gern hätte sie ihren Jubel in den Morgen hinausgeschrieen, aber das ging doch nicht!

In vornehmem Schweigen blieb er an ihrer Seite.

»Sie! Sie! De Korb! Ehr'n Korb!« kreischte ihr die Verkäuferin nach.

Pimpernellche wandte sich um und winkte ihr ab, doch schon war er an dem Stand, nahm den Korb und überreichte ihn mit einer Verbeugung.

Sie blieb stehen, fassungslos und rot vor Scham.

»Aber, Sie, – Sie werden doch nicht mit mir gehen wollen, wenn ich –«

Er mit Ernst und Würde: »Beruhigen Sie sich doch, gnädiges Fräulein, mir gelten Äußerlichkeiten nichts! Die Seele einer Fürstin kann im geringsten Gewande stecken, und ich suche nur die Seele.«

»Und glauben Sie bei mir eine schöne Seele zu finden?«

»Ja, sicher; dafür bürgt mir die königliche Linie Ihres Nackens.«

Sie beugte diesen »königlichen Nacken« tiefer. Welch eine Sprache! Welch ein Mann! Und das war nicht etwa im Ton eines albernen Komplimentes gesagt.

»Ich bin nur ein Aschenbrödel.«

»Wissen Sie nicht, was aus Aschenbrödel geworden ist?«

»Ja, oh ja – aber es giebt keine Prinzen.«

»Wenn es echte Aschenbrödel giebt, warum sollte es keine echten Prinzen geben? Doch wir sind gleich an Ihrem Heim, und ich habe Ihnen nicht einmal erklärt, warum ich mir die Kühnheit erlaubte Sie anzusprechen. Könnten sie es nicht ermöglichen, einen ganzen Nachmittag von zu Hause weg zu sein, um einen Spaziergang zu machen? Ja? Ich würde Ihnen sehr dankbar sein. Und nehmen Sie Ihr reizendes blondes Schwesterchen mit, es wird sonst nicht gut gehn in der kleinen Stadt, Sie verstehen?«

»Vollkommen. Ich will es gern thun, und teile es Ihnen noch poste restante mit, nicht?«

»O ja, bitte!«

Dabei faßte er ihre Hand – zum Glück hatte sie ihre besten Handschuhe an und nicht diese ekelhaften Zwirnhandschuhe, die sie sonst an Markttagen trug, und sah sie an. Der Blick! –

Und wie seine Hand die ihre umfaßte! Alles hätte sie für ihn gethan, und wenn er ihr in dem Augenblick einen Dolch vorgehalten hätte, so – so – immer näher und dann hinein mitten ins Herz, sie hätte Stand gehalten, sie schon.

Ob sie wirklich als irdisches Weib zur Hausthüre hereingekommen, oder ob sie geschwebt war, wußte sie nicht. Zum Glück stand der Küchenstuhl parat, sie fiel geradewegs darauf nieder, dann stellte sie den Korb mit einer Zärtlichkeit hin, wie wenn sie *ihm* eine Zärtlichkeit erwiese. Daß er leer war und sie ihre Pflichten gröblich verletzt hatte, bemerkte sie in ihrer Verzückung nicht. Ihre Gefühle regten die Flügel und schwangen sich auf und rauschten mächtig. Sie hätte die Arme ausbreiten mögen in Ekstase und weinen und schluchzen und schreien vor unsagbarem Glück.

Der Samstag war gekommen, der große Tag, den sie Herrn v. Reitz bestimmt. Sannchen hatte etwas gönnerhaft zugesagt unter der Bedingung, daß sie auch in Begleitung erscheinen dürfe. Sie war überhaupt etwas überrascht über Pimpernellches Eroberung, wenn auch nicht gerade freudig, und gab von Zeit zu Zeit skeptische Äußerungen von sich wie: »der kummt doch nit«, oder »was will dann der?«

Sie hatte vorgeschlagen nach dem stillen Thal zu wandern, das die Buwe so sehr liebten, denn dort kannte sie alle verschwiegenen Pfade.

»Meiner kummt erscht weiter drauß' zu uns« erklärte sie Pimpernellche, als sie sich dem Ort des Stelldicheins näherten.

»Drück Dich doch nicht so vulgär aus« tadelte Pimpernellche.

Wie konnte man so von einem Menschen reden, den man liebte! »Meiner!« wie eine Köchin sagte sie das.

»No – o?« machte Sannchen, ganz erstaunt, hatte sie denn so was Schreckliches gesagt?

»Ach, Du verstehst mich *doch* nicht,« wehrte Pimpernellche seufzend ab. Jaja wie waren sie verschieden! Es überkam sie eine gelinde Furcht. Was würde er denn zu dem mehr als unbekümmerten Wesen ihrer Schwester sagen? Sie begann sich fast ihrer zu schämen.

Der Ort des Stelldicheins lag still und verlassen. Niemand war weit und breit zu sehen, sie sah sich hilflos um, und Sannchen warf geringschätzig die Lippen auf und machte das impertinent entzückende Mäulchen, das die Mutter immer zu dem Begeisterungsausruf hinriß: »Du Krott du! Du liebi Krott!«

Sannchen zerrte an Pimpernellches Ärmel, als sie warten wollte.

»Schäm' Dich! Gewart' werd nit. Er soll zur rechte Zeit kumme.«

Doch während sie das halbwiderstrebende Pimpernellche fortzuziehen suchte, kam er plötzlich hinter einem Baumstamm vor, wo er offenbar schon eine Zeit lang gewartet und die Damen beobachtet hatte. Er kam so nonchalant seines Wegs, wie wenn er sie eben erst erblickt hätte, seine Miene drückte Hochachtung und Reserve aus, er stellte sich mit tiefem Neigen der Kleinen vor und wandte sich dann gleich an Pimpernellche.

»Gnädiges Fräulein haben doch nicht etwa gewartet? Ich wäre unglücklich!«

»Nein – o nein« stotterte die Verlegene, die noch immer auf demselben Platz vor ihm stand, zaudernd, ob er ihr die Hand nicht reichen werde. Er that es nicht, er blieb reserviert, höflich, kühl, und doch erschien er ihr gerade so noch viel anbetungswürdiger, wenn auch viel ferner.

»Doch, wir haben gewart't« protestierte Sannchen ganz in ihrem gewöhnlichen respektlosen Ton. Respekt, so was kannte sie einfach nicht. Sie musterte ihn. Nichts von seinen Stiefeln angefangen bis zu seinem Cylinder entging ihr.

»Ich bin nämlich nit gewöhnt zu warte!« machte sie schnippisch und fing an vorauszugehen, kehrte sich aber gleich darauf halb lachend wieder um, und die volle Sonne ihrer neckischen Heiterkeit fiel auf den Fremdling.

»Ich bin auch nit an solche Herrn gewöhnt, vielleicht haben's die im Brauch –«

»Verzeihen Sie!« bat der Maler, »ich wäre untröstlich über Ihre Ungnade!«

»So arg is es nit« warf sie ihm unter Lachen zu, und da sie immer schneller vorausging, folgte er ihr auch immer schneller.

»Was ist nicht so schlimm?« fragte er in leiser, eindringlicher, bedeutungsvoller Art, ihr ganz nah, die den Kopf immer noch halb nach ihm umgedreht hatte, »was ist nicht so schlimm die Ungnade oder –«

»Ich weiß nit. Sie brauchen übrigens auch nit alles zu wisse!« dazu wackelte sie etwas ungnädig mit dem Kopf, schaute ihn noch einmal von der Seite an und sprang dann rasch voraus.

Er kehrte sich sofort zu Pimpernellche, sah ihr tief in die Augen, dämpfte seine Stimme, es klang ganz geheimnisvoll, wie er das sagte:

»Und Sie, mein gnädiges Fräulein, wie geht es Ihnen? Ich habe die Tage gezählt bis heute –«

»Ich – ich auch.« Pimpernellche versuchte aufzuschauen, sah aber gleich wieder weg. Sie war förmlich unsicher im Gehen, sie ging wie in einem heißen Winde, der sie halb erstickte, dabei schlug ihr Herz, und war voll unsinnigen, unbegreiflichen Glücks. Sie war wie gelähmt, eine fremde, fast unheimliche Macht hatte sie erfaßt –

»Ihr Fräulein Schwester, erwartet sie jemanden, weil sie uns so vorauseilt?«

Wieder dieser warme, bedeutungsvolle Ton.

Sie sah ihn an, das heißt sie machte einen Versuch, seinen Augen Stand zu halten.

»Nein – das heißt ja, ja natürlich.«

»Oh! – Ihre Schwester hat einen Geliebten?«

Wie er das Wort aussprach »Geliiiebten«. Aber es befremdete, verletzte sie. Einen Geliebten!

»Sie ist heimlich verlobt.«

»Ja, das meinte ich, gewiß; aber ist das nicht schöner, der Geliebte?« Und er beugte sich zu Pimpernellche nieder.

In diesem Augenblicke tauchte an der Wegbiegung der besprochene Jüngling auf, schaute sich kurz um, ohne zu grüßen und schritt neben Sannchen ganz selbstverständlich weiter.

Der Maler hatte sich schnell aufgerichtet, er stieß einen merkwürdigen, Pfiff ähnlichen Laut aus, seine Nasenflügel dehnten sich, dann lachte er, ein gedämpftes, fast gutmütiges Lachen.

»Ich liebe Hindernisse sehr, das spornt unendlich an.«

»Sie meinen die große Jugend der beiden? Aber die Liebe –« Pimpernellche schaute ihren Begleiter diesmal wirklich an, er aber achtete ihrer nicht, lachte nur vor sich hin.

»Er ist sehr vermögend, ein Serbe glaub' ich«, fuhr Pimpernellche fort.

»Desto besser lohnt sich's« rief er lebhaft. Dann schwieg er eine Zeit lang.

»Es stecken viele Möglichkeiten in Ihrer Schwester.«

»Wie meinen Sie das?«

»Ich werde es Ihnen später erklären, später«, er sprach wieder in dem Ton, der Pimpernellche Schauer über den Rücken jagte, »wenn ich Sie besser kenne. Aber bis dahin, versprechen Sie mir, – ja wollen Sie das? – daß Sie nur gut von mir zu Ihrer kleinen Schwester sprechen. Und erzählen Sie ihr nur von mir, viel, recht viel, es wird Ihnen gut thun, oder – fällt Ihnen das schwer?« Er beugte sich über sie, suchte ihre Augen, hielt ihr die Hand hin.

»Wollen Sie mir nicht Ihre Hand darauf geben?«

Er nahm die Hand, strich leise darüber und drückte sie lang und innig.

»Sie haben eine schöne Hand.«

»Oh, ich bin überhaupt nicht schön.«

Er zuckte die Achseln.

»Das kommt darauf an, was man unter Schönheit versteht. Sie werden jedenfalls einem Manne unendlich viel zu geben haben. Sie sind eine jener ernsten, glühenden Naturen, ernst und glühend in der Liebe. Glauben Sie, ich hätte das nicht gleich erkannt?«

»Ich könnte für meine Liebe, wenn ich mit ganzer Seele liebte, in den Tod gehn!« rief Pimpernellche, ihr Gesicht sah ganz verklärt aus.

»Das verlangt ja die Liebe selten; aber Sie wären gewiß zu Opfern bereit?«

»Ja« stammelte Pimpernellche, etwas verwirrt und erschreckt von seinen Fragen.

»Wenn ich z. B. von Ihnen verlangte –« er brach plötzlich ab. »Wo ist Ihr Fräulein Schwester? Eben ging sie noch vor uns.«

»In den Seitenweg wird sie eingebogen sein, ja, sehen Sie? Doch wie, wie wurden Sie eigentlich auf – mich – aufmerksam – warum?«

Er schien ihre Frage überhört zu haben, das heißt, er sprach fast zu gleicher Zeit mir ihr.

»Haben Sie schon geliebt?«

»Ach das war keine Liebe!«

»Wenn Sie nie geliebt haben, können Sie sich denken, wie es einem Manne zu Mut ist, der ein Wesen begehrt?«

»Oh, ich kann es fühlen!«

»Jetzt?«

»Ja, jetzt!«

»Ich danke Ihnen.«

Sie waren eben an der Wegbiegung, und er nahm ihre Hand und bedeckte sie mit Küssen.

Auf die Kniee hätte sie sich werfen, ihm danken mögen, alles, alles hätte sie für ihn thun können, das größte Opfer bringen.

Ja das war der Sturmwind, die Macht, das Unheimliche, das war die Liebe.

Vor dem kleinen Restaurant, das am Ende des Seitenweges lag, standen Sannchen und ihr Verehrer unschlüssig und in schlechter Laune bei dem Wirt, einem von »drüwwe rüwwer«, der, seine Mütze schwingend, die schönsten Kratzfüße machte.

»Wollen Herrschaften nicht Platz nehmen im Garten?« und mit einer kühnen Schwenkung versuchte er sie auf den kahlen, mit Kies bestreuten Platz hin zu bekomplimentieren, den er Garten nannte und auf dem eine Schar Hühner ihr Wesen trieb.

»Ich will awer nit herauße bleibe«, erklärte Sannchen eigenwillig.

Der Verehrer kehrte sich halb um, achselzuckend und sah angelegentlich nach der Blitzableiterstange auf dem Hause und dann mit einem halb resignierten, halb mokanten Lächeln auf Pimpernellche und den Maler, die auch unschlüssig herumstanden.

»Natürlich gehn wir hinein, wenn Sie befehlen,« beeilte sich Herr v. Reitz tadellos höflich zu versichern.

»Befehlen! – ich befehl' gar nix, ich will nur. Ihr könnt ja herauße bleibe, awer ich geh ins Zimmer.«

»Ich *will* nur« murmelte ihr Freund sarkastisch nach.

»Was?« fuhr sie ihn scharf an.

Daraufhin trat Herr v. Reitz gleich zu ihnen, um sich dem Studenten vorzustellen. Der griff mit der den Pfälzern so gut stehenden Verachtung für Höflichkeit und gute Manieren ein wenig an den Hut und murrte seinen Namen, sich Pimpernellche vorzustellen fiel ihm in Anbetracht derselben Eigenschaften nicht ein.

»Wir gehn also ins Zimmer« wandte sich der Maler zum Wirt.

»Aber Herrschaften wollen bedenken, Herrschaften seien nicht allein dort, seien andre Herrschaften im kleinen Zimmer und das große ist nicht für feine Herrschaften« entschuldigte sich der verlegene Wirt.

»Ich will ins Zimmer« erklärt Sannchen, machte ihr entzückendstes Mäulchen dazu, und stieg schnell voraus. Sie wollte doch sehen ob ihr die andern nicht nachkamen!

Der Wirt ließ sie, immer noch halblaut Entschuldigungen stammelnd, in ein kleines Hinterzimmer treten, das ganz dämmrig war von der Fülle der Weinblätter, die die Fenster umrankten. Drinnen saßen Drei vor einem großen Humpen und knurrten leis unter sich ob der Störung, bis auf einmal einer ein lautes »Donnerwetter« ausrief.

Sannchen drehte sich sofort um.

Die Buwe und der Einwillige, das ging gerade noch ab.

»Was thun dann Ihr da?« schrie sie sie an, »nette Überraschung!«

Der Einwillige war in die Höhe geschnellt mit all der Geschwindigkeit, die ihm seine körperliche Veranlagung gestattete, und hatte ungefähr vier Verbeugungen nach einander gemacht, bis die rote Farbe seines Angesichtes ins Bläuliche zuspielen begann, während die Buwe mit aufgestützten Ellenbogen liegen blieben und abwarteten.

Der Verehrer Sannchens murrte den Dreien einen Gruß zu und schlug seinen Hut an einen Nagel, gerade über dem Kopf von einem der Brüder, nicht ohne ihm, dem Bruder, merklich auf den Leib zu rücken. Ging denn heute alles schief?

Pimpernellche schaute Herrn v. Reitz flehentlich an, sie hätte selbst nicht sagen können warum, nur, daß es sie wieder »thränelte«.

Der Maler faßte sich rasch. »Ihre Brüder?« wandte er sich an Sannchen.

»Ja – aber daß Ihr nit meint, wir setzen uns an Euern Tisch!« rief sie den Dreien zu.

»Aber warum nicht, gnädigstes Fräulein?« besänftigte sie Herr v. Reitz, »wir haben alle Platz am Tisch Ihrer Herren Brüder, vorausgesetzt daß diese gestatten –« und mit dem vornehmen Ernst, den er immer mit solchen Handlungen verband, stellte er sich vor, wie wenn er erwachsene, gleichberechtigte Männer vor sich hätte.

Die Beiden sprangen auf, plumpsten aber gleich wieder schwer zurück, während der Einwillige wieder viermal mit Anstrengung dienerte. Dann rutschten die Buwen hinunter, indem sie den Humpen nachzogen, und schauten den Fremden an, um ihm anzuzeigen, daß sie Platz machen wollten.

»Wird uns eine große Ehre sein, eine große Ehre sein« wiederholte Franz unter erneuten Verbeugungen und setzte sich erst, nachdem alle am Tisch Platz genommen; Pimpernellche war in einem wahren Rausch von Entzücken über die höfisch liebenswürdige Art ihres Freundes.

Auch die Buwe schauten in ihrer Täppigkeit mit Verehrung zu dem Mann aus der Fremde empor, besonders nachdem er auf ihre Empfehlung hin Niersteiner hatte anfahren lassen und noch dazu gleich vier Flaschen auf einmal.

Und Franz sprang ein und das andere mal wieder auf und begleitete seine Reden mit Komplimenten, solchen Respekt flößten ihm die Kleider des Fremden – Wunder der Schneiderkunst, was war seine armselige Uniform dagegen? – und seine Manieren ein, bis ihm Sannchen zurief: »So bleibe Sie doch endlich sitze, es wird Eiem ja ganz schlecht!«

Sie und ihr Verehrer saßen stumm und einsilbig neben einander, während der Maler mit leiser, eindringlicher Stimme mit dem erglühenden Pimpernellche sprach, und das Trio in der Ecke sich immer angelegentlicher mit dem Niersteiner beschäftigte.

Mitunter sprach er auch zu den Dreien, und zwar wie wenn er zu erwachsenen, erfahrenen Männern spräche, und das wirkte besonders auf die Buwe, die nie dergleichen erfahren, im Verein mit dem Wein, wie etwas ganz Exotisches; die jungen Leute fingen förmlich Feuer. Sogar der Einwillige vergaß seine unglückliche Liebe, den grausamen Goldengel, vergaß alle Qualen der Eifersucht und weihte sich in schöner, jugendlicher Begeisterung dem »edlen Fremden«, wie er in einem Toast zu sagen versuchte, dem »vornehmen Gast, der in ihrer Mitte Platz genommen«, und klang mit seinem Glas an das des Mannes aus der Großstadt an und »Prosit, Prosit Hoch Gesundheit!« klang es rings wie bei einem Feste, und der Gefeierte saß da, still, ernst und bescheiden, füllte nur eifrig die Gläser und verschenkte Zigarren, trank den jungen Verehrern zu und fand noch Zeit, Pimpernellches Hand unter dem Tisch zu drücken.

Sannchen saß steif da und kaute an ihrer Lippe.

»Prost Sannche und Gemahl!« schrie auf einmal einer der Buwe über den Tisch, laut lachend über seinen Witz.

Sie warf ihm einen bitterbösen Blick zu: »Kunststück so zu sein, bei dem viele Wein!«

»Sie lieben es nicht, wenn man lebenslustig ist?« frug sie plötzlich der Maler.

»Jawohl lieb' ich des, aber ich müßt' mich schäme, wenn ich Wein bräucht', um so zu sein.«

»Können Sie wirklich das Leben lieben?«

»Ich? – ja, das thu' ich wann Sie's wisse wolle. Awer so ä Lebe nit. Ich will nit in so eem Wirtszimmer sitze uff dene harte Bänk', vorm ungedeckte Tisch in *solche* Kleider« – damit riß sie an ihrer Bluse herum, Thränen des Zornes und der Wut in den Augen.

Herr v. Reitz sah sie von der Seite an, es war ein eigentümlicher Blick, und er lächelte dabei. Dann sagte er abwehrend: »Ich finde es sehr nett!« und rief gleich ein fröhliches »Prost« in die Ecke hinunter.

Es dunkelte sehr bald in dem dämmrigen Hinterzimmer, und als der Wirt die Lampe brachte, sprang Sannchen auf: »Ich hab genug, ich will gehn!«

»Aber ich verstehe Sie nicht«, entgegnete ihr der Maler, »Sie müßten sich doch eigentlich amüsieren!«

»Eigentlich!« Sannchen hatte ein grobes Wort auf der Zunge, aber sie unterdrückte es, ihre Hände zitterten, so zornig war sie, und sie riß dem Studenten den Shawl aus der Hand, den er ihr reichte.

Dann pflanzte sie sich direkt vor Pimpernellche auf, – es war gerade, wie wenn sie die Rollen getauscht hätten – und sagte: »Mir müsse gehe, es werd dunkel.«

Pimpernellche nickte nur, lächelnd, visionär, erhob sich wie im Traum, schaute *ihn* an wie im Traum, ihr war alles gleich, dableiben oder fortgehn, wenn sie nur ihn sah, ihn hörte, ihn neben sich fühlte. Ganz gleich wohin und ging's in die Hölle, nur mit ihm, mit ihm.

Auch das muntere und ungleiche Kleeblatt der Drei entschloß sich zum Mitgehn, nach einer kurzen Revision der noch vorhandenen Weinreste.

Der Maler hatte Pimpernellche den Arm geboten und führte sie, wie wenn er eine Fürstin geleitete. Ihnen folgten die Drei, die langen Stangen von Buwe rechts und links und in der Mitte der kuglige, selige, gerötete Einwillige, und machten sie lange Schritte, so trippelte er schnell, aber Kurven gab's bei allen Dreien, nur waren sie nicht immer parallel, und das schien die Unterhaltung zu erschweren, sie kam gleich nach dem folgenden Zwiegespräch ins Stocken.

Der ältere und längere der Buwe: »*Den* G'schmack versteh ich awer aa nit,« er deutete nach dem voranschreitenden Paar und stieß Franz dabei an.

Der Einwillige: »No, ich weeß nit« – Pimpernellche erschien ihm seit der Fremde aufgetaucht in ganz anderem Lichte – »sie hot doch ehr' Qualitäte.«

Der jüngste und praktischste: »Is egal, im Wein *hat* er G'schmack, und des is for mich die Hauptsach!«

Damit stimmten sie so sehr überein, daß ihnen alle unnötigen Reflexionen vergingen und sie in seligem Nachgenuß ein weinfröhliches Lied versuchten, das aber auch nicht parallel ging, genau wie ihre Kurven, und sich nur immer in einzelnenPointen und Glanzlichtern, also förmlich nur markiert bemerkbar machte.

In dem kleinen Föhrenwäldchen gab's den ersten Halt.

Der Maler und Pimpernellche stießen unvermutet auf Sannchen, die mit dem Verehrer vorausgegangen, nun aber allein da stand und wartete.

»Nun, mein gnädiges Fräulein?« fragte der Maler ohne jede Malice.

»Wo ist denn der Bulgare?« fragte Pimpernellche, der Sannchen sehr ungelegen kam.

»Was Bulgare!« erwiderte Sannchen grob –

»Oder Serbe« –

»Jo, er is vun Edekobe« – stieß Sannchen ungeduldig heraus, man fühlte, daß ihr das Weinen nah stand.

»Kein Serbe?« fragte Pimpernellche, nun doch etwas interessiert. »Du sagtest doch –«

»Es hot m'r halt g'falle so.«

Währenddem war der impressionistische Gesang lauter geworden, im Licht des Lenzvollmondes, der groß und blaß sich über die Föhrenwipfel hob, schob sich die gebrochene Linie der drei näher und näher.

»Is er ausgekniffe?« schrie der ältere des edlen Brüderpaares, als er die Situation gewahrte.

Dem Einwilligen aber kamen im romantischen Vollmondlichte, das den Goldengel wie auf silbernen Grund vor ihn hinzeichnete, alle zärtlichen Regungen wieder. Er löste sich aus der Brüder Mitte und versuchte fest und stramm wie bei einem Parademarsch vor Sannchen zu treten und ihr den Arm zu bieten, und es gelang ihm; sie nahm ihn nach einigem Zögern und mit unwirschen Worten, aber sie nahm ihn.

»Er ist gut, er kann keine Kreatur leiden sehn« sagte der Maler leis zu Pimpernellche.

Aber ihr entging der sonderbare Ton, in dem er sprach, sie dachte an anderes.

Da stand es neben ihr das Glück, es nur nicht vorübergehen lassen, die Hände nicht zurückziehen, nein, festhalten – und sie fand wirklich den Mut, die andern vorauszuschicken, sie verlangsamte das Tempo so, daß bald kein Ton der Vorausgehenden zu ihnen drang.

Mit unerbittlicher Macht kam die Liebe über Pimpernellche, immer geahnt, und unterjochte die Wehrlose mitten im Wald. Pimpernellche warf Hut und Sonnenschirm auf einmal von sich, sie schnellte sich dem Freund förmlich an die Brust, daß ihr langes, rotes Haar sich löste, sie umklammerte ihn, sie küßte seine Hände, sie schluchzte und bebte und stammelte: »Alles, alles für Dich, für Deine Liebe.«

Und er hielt dem Liebesansturm Stand mit der ihm natürlichen Vornehmheit. Er hob ihr Sonnenschirm und Hut sorgsam auf, half ihr das Haar ordnen, er zog fürsorglich ihren Arm durch den seinen und sagte mit zärtlicher Stimme zwar, aber mehr vorwurfsvoll: »Aber wir müssen gehn, wirklich, wir müssen gehn!« und führte sie mit sanfter Gewalt weiter.

Doch die Schleusen ihrer Liebe waren geöffnet, unaufhaltsam quollen die Worte über ihre Lippen, ihre ganze Jugend, ihr Verlangen nach Liebe, ihre Enttäuschungen, bis *er* in ihr Leben getreten sei – die Stimme versagte ihr fast und sie hielt seine Hand festumklammert, sie hing förmlich an seinem Arm, daß er sie halb tragen mußte, sie sah weder Weg noch Steg.

Desto sorgsamer waren seine Augen auf den Pfad gerichtet, er störte sie mit keinem Wort, mit keinem Druck der Hand, er brachte sie in stürmischem Tempo sicher zu den ihren, erreichte mit ihnen zugleich das Haus.

Als das Thor zugefallen war, fingen die Buwe in übermütiger Stimmung zu singen an, und Pimpernellche stolperte wie eine Trunkene die Treppen hinauf.

»Ich glaub', Ihr habt alle Drei en Rausch« schalt Sannchen.

»En Rausch!« sagten die Buwe und lachten.

»Einen Rausch! sagte Pimpernellche und lächelte.

Kaum war im Schlafzimmer das Licht gelöscht, rief sie zu Sannchen hinüber: »Ist er nicht einzig? Ist er nicht herrlich? Ist er nicht wie ein Prinz?« Und im Ueberschwang ihrer Gefühle kam sie an Sannchens Bett und wollte die Schwester küssen.

Doch der kleine, gekränkte, temperamentvolle Unband stieß sie zurück.

»Hör uff! ich will nix höre!«

Wie hatte er doch gesagt: »Sprechen Sie recht viel von mir mit Ihrer kleinen Schwester!«

Sie wollte das freilich nur zu oft in den nächsten Tagen, doch Sannchen setzte ihr nur Gleichgültigkeit oder gar Spott entgegen. Sie war in der denkbar schlechtesten Laune, all ihre Worte waren wie Püffe und ihre Mienen wie Ohrfeigen. Die Mutter und die Brüder gingen ihr thunlichst aus dem Wege, nur Pimpernellche versuchte ihr Liebe entgegen zu bringen, der Armen! Ging sie doch selbst wie auf Rosenwolken, von Amoretten durch die Luft geleitet, das Haupt zur Sonne gerichtet, schönheitstrunken.

Freilich das Kochen litt sehr unter der Liebe, und dem Gekeife der Mutter konnte sie keine andere Waffe entgegensetzen als ihr seliges Lächeln, denn das Essen war wirklich ruiniert; die Buwe, die in Anbetracht einer allenfallsigen Wiederholung des genußreichen Spaziergangs zuerst geschwiegen, gaben schon deutlich grunzende Töne des Mißbehagens von sich.

Ach, die Wiederholung ließ auf sich warten! Pimpernellche zehrte ja von der Fülle ihrer Erinnerungen, die immer größer und bedeutender wurden, je mehr sie sich davon entfernte, aber ihre Sehnsucht war nicht einzuschläfern, sie hätte ihn ja am liebsten den nächsten Tag wiedergesehn.

Und nun waren es fünf Tage und zu ihrer Sehnsucht kam die Angst. Er war am Ende krank! Sie schrieb an ihn – keine Antwort. Er war wie von der Erde verschwunden.

Wo blieb er, ihr Geliebter?

Und sie versuchte das Wort zu sagen, wie er es gesagt »Geliiiebter« – O! niemals würde sie das mit der Süße und Innigkeit sagen können. Nur einmal von ihm zu hören »Geliiiebte!«

O, diese Sehnsucht! Sie flüchtete zu Sannchen, die mußte sie verstehen, sie litt doch auch unter der Liebe. Sie fragte zärtlich: »Zürnt er Dir noch?«

»Er mir? Verkehrte Welt! Ich ihm. Überhaupt –« sie schob die Unterlippe vor und hob die Achseln, »*der*« –!

Wie hatte sie vor kurzer Zeit gesagt? »Und ich muß 'n habe,« und »glaabscht dann, ich krieg wiedder so enn?«

Sannchen empfand einfach roh, da zog sie sich zurück mit ihren feinen Empfindungen.

Es blieb ihr ja das Tagebuch, das sie so lang nicht geöffnet. Man schreibt nicht, wenn man erlebt!

Das letzte, was sie geschrieben, war nur das eine, heilige Wort: »Liebe«. Mit großen, schön verzierten Buchstaben stand es allein inmitten einer Seite, und so sollte es bleiben, sie wagte gar nicht die Seite durch weitere Worte zu profanieren.

All ihre glühenden Erinnerungen stiegen aus dem einen Wort, sie sah ihn wieder, hörte seine Stimme – warum wollte sie zagen? Es geziemte der Liebe nicht. Sie wollte fest sein, ohne Rückhalt an ihn glauben, und sie schlug die Seite um und schrieb auf die nächste: »Ich glaube und warte.«

Nun ging sie getrösteter an die Bücher, die er ihr empfohlen und die sie in ihrer Sehnsucht vergessen. Besonders Goethes Elegieen hatte er ihr warm ans Herz gelegt und einige bezeichnet, von denen er sagte: »Gerade über die möchte ich ein ausführliches Urteil von Ihnen hören, es ist mir von größtem Wert, fast ein Studium, was Sie darüber sagen werden, da Sie doch mit voller Naivetät an die Sache gehn.«

Wie zart von ihm, so für sie zu sorgen, während er fort sein mußte, (denn sicher war er abberufen worden für kurze Zeit!) und wie zart, ihr seine Liebe durch diese Verse auszudrücken!

Wie herrlich die dritte:

»Laß dich Geliebte nicht renn,
daß du mir so schnell dich ergeben.«

Dann die achte:

»Wenn du mir sagst, du habest als Kind, Geliebte, den Menschen
Nicht gefallen und dich habe die Mutter verschmäht«

War das nicht die zärtlichste Sorgfalt, auf ihre Worte also zu antworten? Er war neulich ganz stumm geblieben, als sie ihm von ihrer Jugend erzählte.

Dann die neunte, auf ihre häusliche Thätigkeit, ihr Aschenbrödeltum Bezug habende:

»– weckt aus der Asche behend
Flammen aufs neue hervor.«

Nur die letzte der von ihm bezeichneten war ihr nicht recht verständlich, aber die Schlußverse packten sie, die ihr wie ein Gebet schienen:

»Eins nur fleh ich im Stillen. An euch ihr Grazien wend ich
Dies heiße Gebet tief aus dem Busen herauf:
Schützet mir mein kleines, mein artiges Gärtchen, entfernet
Jegliches Übel von mir.«

Das schrieb sie nun ganz klein an den Rand der letzten Seite ihres Tagebuches mit der Variation.

– »entfernet
Jegliches Übel von ihm.

Das war auch ein Nachtgebet und zwar ein erhebendes, das tröstete sie und sie ging mit hohen Gedanken friedlich und früh zu Bett; so früh, daß Sannchen, gerade als sie am Einschlafen war, nach Haus kam.

Sannchen war durchaus zum Sprechen geneigt. Sie war von der feuchten Frühjahrsluft förmlich durchtränkt, hatte einen Geruch von jungem Wald und sproßendem Grün mitgebracht, ihr ganzes Wesen war elastisch, gespannt, eine köstliche Frische ging von ihr aus und ihre Augen leuchteten.

Nichts mehr von trüber Laune und häßlichen Antworten, sie neckte sich mit den Buwe und that geheimnisvoll mit ihnen, sie sang vor sich hin, während sie ihr Haar löste, sie zog die einzelnen Goldfäden liebkosend durch die Finger, vor dem Spiegel sitzend, konnte sie sich gar nicht satt sehn an ihrem eigenen Bild; es war ein ganz ähnliches Schauspiel wie neulich, nur war mehr Erwartung, mehr Übermut, mehr siegende Gewißheit drin.

Sie gab Pimpernellche einen sanften Schupps mit dem Ellenbogen, anders drückte sie sich der Schwester gegenüber auch in den zärtlichsten Stunden nicht aus, sie flüsterte ihr unter Kichern ins Ohr, wie wenn sie halb daran erstickte: »Er ist wieder da!«

Pimpernellche fuhr in die Höhe, preßte Sannchen an sich und war keines Wortes fähig; endlich stieß sie heraus: »Gott sei Dank!« und sank langsam zurück, so überwältigt war sie. Doch wollte sie der Schwester ein Liebes erweisen, und sie stotterte mit Anstrengung die Worte heraus: »Und Ihr seid wieder gut?«

»Und wie!« lachte die Kleine und sprang mit einem hohen Satz in ihr Bett, daß es nur so ächzte.

»Er sagt, ich hätte Anlagen zur Tänzerin, überhaupt Anlagen –« und sie kicherte vor Vergnügen, hüllte sich mit einem Seufzer des Behagens, des Einsseins mit dem Leben, strotzend vor Lebensfreude und Gesundheit in ihre Decke und schlief sofort ein.

Pimpernellche konnte gar nicht mit der Toilette fertig werden. Zweimal hatte sie sich schon umgezogen und war immer noch unschlüssig. Endlich, weil die Zeit drängte, blieb sie in der weißen Bluse, die ihren Nacken ein Stückchen sehen ließ. Die Sonne schien durchs Fenster mit einer Glut, wie wenn es Sommer wäre, man konnte alles aufreißen und die herrliche Luft einlassen, es war förmlich, als lebte man ein neues Leben, seit man durch die geöffneten Fenster den Lärm und das Geräusch der Gasse hörte.

Pimpernellche zog mit freudig geschwellten Segeln ab, stolz den Marktkorb tragend, den er getragen. Der Frühling blühte überall auf dem Markt, wo die Weiber ihre großen Leinwandschirme aufgespannt hatten. In Bündeln lagen Veilchen und Goldlack, fremde glühende Anemonen und Ranunkel neben dem heimischen Gold des Himmelsschlüssels. Rote Radieschen spreizten sich unter den derben grünen Blättern, wie Sammt sah die Kresse aus, es war ein Gewoge von Farben und Tönen, von Licht und Schatten, dazu die Menschen in hellen Frühjahrskleidern, Pimpernellche ward von einem wahren Taumel ergriffen.

Wie alles glänzte und lockte! Es war wie ein Festtag, Feststimmung überall.

Und plötzlich sah sie ihn stehn.

Mit ausgespreizten Beinen, die Hände in die Hüften gestemmt, stand er mitten in der Sonne und blies den Rauch einer Cigarette in die Luft, ganz hingenommen von dem bunten Bild ringsum.

Da fühlte er sich sanft berührt – hörte eine Stimme – die Stimme! – es schnellte ihn förmlich herum, sein Gesicht verzerrte sich zu einer Fratze, nur einen Augenblick, dann war er wieder der Alte, und seine Höflichkeit war tadellos. Aber gerade sie brachte Pimpernellche aus dem Konzept.

Wie konnte er so sein, nachdem sie sich die langen Tage nicht gesehen?

»Habe ich Ihnen denn etwas gethan?« fragte sie im Ton eines Schulkindes.

»Nicht daß ich wüßte, mein gnädiges Fräulein!« erwiderte er zuvorkommend.

»Sie waren *soooo* lang fort!«

Pimpernellche legte viel Trauer und Sehnsucht in ihre Worte.

»Nicht allzulange. Fünf Tage sechsundeinehalbe Stunde,« sagte er sanft.

»Dachten Sie auch unser – auch an mich?«

»Ich habe nichts vergessen.«

»Würden – würden – Sie vielleicht in den Anlagen dort ein wenig mit mir spazieren gehn? Man wird hier so beobachtet.«

Er lüftete zum Zeichen der Bereitwilligkeit den Hut.

»Aber wollen Sie nicht wenigstens – hm – diesen Korb zurücklassen? Es geht doch wohl nicht an, ihn in den Anlagen spazieren zu tragen.«

Er warf einen mißvergnügten Blick auf den großen gelblackierten Korb, und Pimpernellche, bestürzt und verwirrt, bemühte sich, ihn so schnell als möglich bei irgend einer der Händlerinnen unterzubringen.

Dann ging sie verängstigt an seiner Seite nach den Anlagen. Was war das? War sie verrückt? War alles andere nicht, niemals? War das noch der Frühlingstag voll Licht und Sonne? War das noch derselbe Mann? Sie raffte sich gewaltsam auf.

»Ich habe die Elegieen gelesen.«

Sie versuchte ihn anzulächeln, doch er hielt den Kopf gesenkt. Zornig sah er nicht aus, er gähnte.

»Ja? – Und Ihre Schwester?«

»Meine Schwester?!? –«

»Hat sie sie auch gelesen, meinte ich« erwiderte er ungeduldig und gereizt, »ach Gott, es ist ja gleich.«

»Nein, ich dachte doch – Sie wollten doch – daß ich –«

»Gewiß, gewiß, verzeihen Sie! Aber ich dachte es mir viel amüsanter. Man verrechnet sich manchmal. Sie sind doch im Grunde langweilig und erfüllen eigentlich nicht das, was ich mir versprach.«

»O sie sind doch herrlich, und dann – Ihre Zartheit, nur anzudeuten, nicht davon zu sprechen, auch –«

»Ja ich kämpfe manchmal mit dem Wort, wie eben jetzt.«

Er sah sie beinah verzweifelt an. Am liebsten hätte sie sich in seine Arme geworfen und ihm zugerufen: »ich liebe dich, auch wenn du kalt bist, wenn du mir Schmerzen machst, denn du leidest selber« – sie getraute sich aber nur leise zu stammeln: »Ich liebe Sie immer noch.«

»Ich danke Ihnen!«

Er zog ehrfurchtsvoll den Hut und schwieg dann.

Endlich stieß er einen langen Seufzer aus.

»Sie sind ein großes Mädchen, Nelly, Sie besitzen die Seele einer Fürstin, Sie haben Geist und Güte, – aber das Schicksal will nicht, daß Sie zur Liebe geboren sein sollen. Sie sind *nicht* zur Liebe geboren, werden Sie Gouvernante, das ist mein innigster Wunsch. Gegen das Schicksal können wir armen Sterblichen nicht ankämpfen. Sie sind zur begeisterungsfähigen Gouvernante prädestiniert. Meiden Sie die Kreise Ihrer Schwester, deren Stern andere Bahnen weist, fliehen Sie sie, es ist notwendig jetzt, und ich kann nichts sehnlicher wünschen.«

Pimpernellches Arme sanken hilflos zu beiden Seiten des Körpers herab. Was war das? Sie verstand ja gar nichts, – was war da so jäh über sie gekommen?

»Warum?« sonst brachte sie nichts heraus.

»Fragen Sie nicht, seien Sie tapfer. Haben Sie nicht geschworen, Ihrer Liebe jedes Opfer zu bringen, und nun schrecken Sie vor dem Anfang des Opfers zurück? Fragen Sie nicht, ehren Sie das Geheimnis, unerforschlich sind die Wege der Liebe.«

»Ich – kann – mir ja gar nicht helfen, ich sehe nichts, ich kann nicht gehen –«.

»Ich werde Sie führen, eventuell sogar bis ans Haus, Ihnen selbst den Korb verschaffen, nur meistern Sie Ihre Gefühle. Sehen Sie mich an! Kommen Sie.«

Und wirklich, Pimpernellche folgte ihm wie von einer fremden Macht gezogen. Sie hatte leidenschaftliche Vorwürfe, Anschuldigungen auf den Lippen gehabt, hatte ihn falsch, feig, hinterlistig nennen wollen, doch er entwaffnete sie durch seine Ruhe, seine Zartheit, durch die offenbare Erregung, die in seinen letzten Worten bebte. Nein er war edel und groß wie immer, nur das Leben zertrat sie beide. Sie wollte nicht fragen, wenn er nicht reden durfte, und sie folgte ihm still, ihm, der ausatmete angesichts ihres Heroismus und, ihren heiligen Schmerz ehrend, ihr wortlos den Korb übergab und wortlos an ihrer Seite schritt.

Vor der Hausthüre reichte er ihr noch die Hand in früherer Weise und sagte: »Schenken Sie die Fülle Ihrer Liebe den fremden, kleinen Geschöpfen, da das Schicksal es nicht zu wollen scheint, daß Sie sie sonst verschenken, gehn Sie in die Fremde und vergessen Sie nicht die tiefe Weisheit der Worte, die ich Ihnen jetzt sagen werde: »Tugend vergeht, Schönheit besteht«. Die Worte passen freilich besser auf Ihre Schwester, aber vielleicht kommt auch für Sie die Zeit, wo Sie seine Tiefe zwar nicht erfassen, aber vielleicht ahnen werden. Leben Sie ewig wohl!«

Dumpf fiel die Hausthüre ins Schloß.

Aus – aus für immer. Jetzt konnte alles kommen, nichts war schwerer, nicht der Tod, nicht das Grab! –

Pimpernellche, die sich in ihr Zimmer hatte flüchten wollen, traf die Familie in wildester Aufregung. Die sonst so schläfrige Mutter, die nur glücklich war, wenn man keine Emotionen von ihr verlangte, hielt Pimpernellche am Ärmel fest, ließ sie nicht gehen. Sie tobte und schrie in der Wohnung herum, heulte und zeterte, ganz nach Art vieler indolenter Menschen, die sich gar nicht mehr zu helfen wissen, wenn sie einmal aus dem Konzept gebracht sind. Sannchen und die Buwe waren zu dieser Stunde anwesend, wo doch Sannchen der Bildung und die männlichen Familienglieder den Wissenschaften hätten fröhnen sollen.

Sannchen stand mit dem bekannten Trutzmäulchen in der Ecke und die Buwe mit hängender Unterlippe und blöden Augen mitten in der Stube, und alle drei ließen sie wortlos die mütterlichen Wutschreie über sich ergehn.

Feuer im Dach, alles entdeckt! Das verstand endlich Pimpernellche. Die Buwe waren wegen Teilnahme an einer geheimen Verbindung dimittiert und Sannchen ihrer Liebschaft halber aus dem Institut entlassen; zugleich kam auf, daß sie schon seit Wochen das Institut nicht mehr besucht, auch kein Geld abgeliefert hatte.

»Sie hat Talent« sagte »Kall«, der Älteste, nicht ohne einen Anflug von Respekt, und auch der Jüngere, Praktische entrüstete sich nicht.

Aber die Mutter! Alle Affenliebe hatte sie über Bord geworfen, sie tobte wie eine Wilde, brachte nur Schreie und Schimpfwörter heraus, zuletzt fiel sie auch noch über Pimpernellche her, und nun ging der Tanz erst recht an. Warum kam sie so spät? Sie war genau wie die andern. Sie hatte auch irgend etwas gethan, was noch aufkommen mußte, irgend etwas Schändliches, es war ja eins wie das andere. Alle wollten sie nur zu Tod ärgern, sie, die beste Mutter! »Vor all mei' Sorge Undank und Schlechtigkeit«, schrie sie, »Ihr wollt mich unner die Erd' bringe, schlechte Kinner seid'r, G'sindel! Aber ich thu Euch den G'falle extra nit, ich bleib lebe. O, was mich alles treffe muß, lauter Unglück, ich überleb's nit!«

Sie wurde immer dunkler rot, je angestrengter sie schrie, zuletzt fing sie zu wanken an und die erschrockenen Mädchen brachten sie in's Bett. Sie lag steif dort bis der Doktor kam, der die Ängstlichen gleich beruhigte.

»Es wird morgen wieder gut sein, wenn die Patientin vollkommene Ruhe hat.«

Die Buwe hatten sich schnell gedrückt, Pimpernellche war gegangen, weil die Mutter energisch verlangte, daß sie gehe, und allein mit Sannchen bleiben wollte, die ihr Umschläge machte und Limonade reichte.

Pimpernellche erschien in ihrem aufgeregten Zustand auch die Krankheit der Mutter viel schlimmer. Sie schlich sich oft in der Nacht auf den Zehen an das Zimmer, sie fragte Sannchen leise, und wenn die ihr auch beruhigend antwortete, so hatte sie doch die schrecklichsten Visionen. Sobald sie einmal halb einschlief, fuhr sie gleich mit einem Schreckensruf wieder in die Höhe. Alles war wirr in ihrem Kopf. Was sie am Tag erlebt, die Verhältnisse zu Haus, die Zukunft, die kranke Mutter, sie kam wie ein Schatten am Morgen ins Zimmer geschlichen.

Welche Wandlung! Im Sofa saß die Mutter in aller Gemütlichkeit und lachte und plauderte mit Sannchen und rief Pimpernellche zu: »Mein' Kaffee, aber schnell!«

Alles schien in Fröhlichkeit und Harmonie aufgelöst zu sein, und als die beiden langen Sünder sich wieder hervorwagten, schien auch ihnen die Sonne der Verzeihung, ja noch mehr, die vier hielten eine längere Konferenz ohne Pimpernellche, und so oft sie hereinkam, verstummten sie und lächelten sich zu, es webte eine heimliche Atmosphäre um die einige Familie, ein zartes Geheimnis.

So sehr Pimpernellche mit ihrem Schmerz beschäftigt war, das bemerkte sie doch, und fühlte sich beunruhigt.

Am dritten Tag nach der Katastrophe wurde auch ihr der Plan mitgeteilt, das heißt nicht als Plan, sondern als Faktum.

»Die Mamme zieht fort mit uns« warf ihr Sannchen unter dem Mittagessen zu.

Pimpernellche fiel der Löffel, den sie eben zum Munde führen wollte, wieder in die Suppe zurück, zum größten Gaudium der Buwe.

»Die Mama will fort?«

»Ja! Du hast schon recht gehört, sie will fort.«

»Wohin denn um Himmelswillen?«

»Muß m'r noch überlege.«

»Warum?«

»Darum. Die Buwe müssen doch fort, können hier nit weiter studiere, zieht m'r ebe aach mit.«

»Ja, und dann?«

»Dann? Was dann?«

»Was wollen wir in einer andern Stadt?«

»Was woll' mer dann hier? Ich will nit versaure hier, 's giebt große Städt' genung. M'r kann Zimmer vermiete und so was. Rede brauchscht nit viel drüber, 's hilft nix.«

So, also sie nahmen ihr alles. Liebe, Zärtlichkeit, Güte, Anhänglichkeit, alles hatten sie ihr genommen, jetzt sollte ihr auch noch die Pflicht genommen werden? Sie *hatte* doch die Pflicht für die vier Leichtsinnigen, Unerfahrenen zu denken und zu handeln. Als sie davon anfing, schrieen sie ihr gleich drein – nein, nein, nein! Sie brauchten ihre Weisheit nicht.

»Du brauchscht gar nit mitzugehn, mir wer'n ohne Dich fertig« schloß Sannchen spitz.

So, sie setzten ihr also den Stuhl vor die Thüre. Das war noch das Schönste. Weder Mutter noch Brüder rührten sich, es war wohl abgekartete Sache, man *wollte* sie abschütteln.

Sie stand hastig vom Tisch auf, ohne etwas zu erwidern, und man ließ sie gehn. Sie war unbequem, ein Hindernis, der alte Wauwau von früher.

Der Wunsch der Ihren kam ja eigentlich ihren eigenen Absichten entgegen, es war die Freiheit, die sie ihr gaben, und doch that ihr gerade jetzt die Lieblosigkeit weh bis in's Innerste. Nur zu, nur zu, mochte sie jetzt das Leben packen und zausen, sie hatte nichts mehr zu verlieren. In ihr Tagebuch schrieb sie: »Ich habe gelebt und geliebet.«

Noch am selben Tage schickte sie einen Brief an eine Schulfreundin, die in einem Institute in England als deutsche Lehrerin war, und die sie wiederholt aufgefordert hatte dort hinzukommen und ihre Dienstbotenstellung zu Haus aufzugeben. Sie sagte es dem Vormund und der war einverstanden, wenn sie sich mit dem geringen Zuschuß begnügen wollte, den er aus den Zinsen ihres kleinen Vermögens geben konnte.

Sie wunderte sich, daß sie alles so klar überlegte, daß sie sogar noch eine gesicherte Zukunft wünschte, daß ihr bangen konnte vor einer unsichern Zukunft! Viel lieber wäre sie ja wohl tot gewesen, aber es stirbt sich nicht so leicht an gebrochenem Herzen, ja nicht einmal der Hunger verließ sie in der Zeit ihrer Seelenkämpfe, im Gegenteil.

Die Antwort kam in der denkbar kürzesten Zeit, und sie war günstig. Sie konnte kommen wann sie wollte, am besten sofort. Nun ging es an ein fieberhaftes Herrichten und Einpacken und Sannchen half geschäftig mit. Sie war wieder lieb, seit sie sah, daß es Pimpernellche ernst war mit dem Fortgehn, auch die Brüder waren in der besten Laune und alle schienen die Zukunft in den rosigsten Farben zu sehn, seit sie ihnen nicht mehr im Wege war. Die Mutter warf ihr ein altes, gebleichtesKorallenhalsband in den Koffer und that gerührt dabei.

Der Vormund, der immer herzlich sein konnte, wenn seine Frau nicht da war, drückte ihr noch einige Goldstücke in die Hand und machte ihr mit seinem Optimismus das Herz leicht. Er meinte: »Wenn's schief geht, sind wir auch noch da.« Und Franz stimmte ihm bei.

Von ihm wurde ihr eigentlich das Abschiednehmen schwerer als sie gedacht hatte, er kam mit Kindererinnerungen und sah sie so merkwürdig gerührt dabei an, daß sie bald alle beide die Augen voll Wasser hatten.

»Du bischt doch am meischte wert vunn Euch alle,« sagte er, »ich seh's jetzt erscht ein.«

Und sie schied von ihm mit der Überzeugung, daß er ein guter Mensch sei, trotz der Hemdärmelerfahrung, die sie mit ihm gemacht, und daß sie in Deutschland einen zurückließ, auf den sie im Notfall bauen konnte.

»Und schreib aach!« schrie er ihr noch unter der Hausthüre nach. Seine Mutter war verreist, so band er noch einen Strauß der schönsten Blumen und schickte ihn ins »Hesse«.

An *ihn* hatte Pimpernellche nur ein paar wehmütige Abschiedszeilen geschrieben. Doch vergaß sie nicht Tag und Stunde ihrer Abfahrt genau anzugeben.

Am Tag ihrer Abreise regnete es in Strömen. Sannchen allein begleitete sie zur Bahn. Die Buwe hatten im entscheidenden Augenblick der eine verschlafen und der andere nur ganz »verriß'ne Stiwwel«, so daß sie beide zu Hause bleiben mußten.

Auf dem Weg zum Bahnhof und dortselbst blickte Pimpernellche unruhig umher, schon im Coupee schaute sie jeden Augenblick zum Fenster heraus, vielleicht, vielleicht doch! Er kam nicht.

Beim Ausfahren aus der Halle beugte sie sich weit vor und ließ ihr Taschentuch wehen, nicht der jungen Schwester halber – niemand. Und auch Sannchen wendete sich bald zum Gehen.

Fröstelnd, in dem kühlen Frühjahrsregen standen noch ein paar Menschen auf dem Bahnsteig. Einen Augenblick wars ihr, als sähe sie seinen hellen Überzieher neben Sannchens Jaquet auftauchen, dann machte der Zug eine Biegung, fuhr rasselnd über die Brücke und alles verschwand. Der feine, nachdrückliche Regen schlug an die Scheiben, der Rauch der Lokomotive zog stoßweise an den Fenstern vorbei, die Stadt wich langsam zurück und verschwand in Regen und Dunst.

Hinter ihr lag ihre Heimat, ihre Jugend, ihre Liebe, vor ihr die graue, schwere Zukunft. Und hatte Pimpernellche bisher wie im Fieber die Erlebnisse der letzten Tage über sich ergehn lassen, so kamen sie jetzt und verlangten gebieterisch, daß sie sie beschaue und prüfe.

Aufschluchzend legte sie den Kopf auf die Polster – sie konnte sich das leisten, denn sie fuhr allein im Coupee – während der Schnellzug die Rheinebene hinunterraste, dem fernen Holland zu.

Als Franzens Mutter von ihrer Reise zurückkehrte, war sie ganz und gar nicht damit einverstanden, daß ihr Mann in seinem Leichtsinn Pimpernellche hatte ziehen lassen. Besonders lag ihr die Moral der Familie Heß am Herzen, als deren festeste Säule sie Pimpernellche eingeschätzt hatte. »Jetzt gehts drunner und driwwer« sagte sie prophetisch zu Franz.

Franz pflichtete schüchtern bei. Er widersprach ihr nicht gern. Wenn die hagere, knochige Frau ihre Haubenbänder löste, die Brille abnahm, zusammenlegte und mit der also zusammengelegten Brille nachdrücklichst in die linke Hand schlug, war er immer ihrer Meinung. Auch der Vater ließ sich dann gern seine Ansicht korrigieren, Streit und Auseinandersetzungen waren nicht seine Schwärmerei.

Lieber saß er bei lustigen Brüdern und ging seinen Vergnügungen nach, zu Haus mochte er nicht sein. Man munkelte so manches über ihn, aber die Leute nahmens ihm weiter nicht übel, weil er ein gutmütiger, hilfsbereiter Mann war, und weil sie seine Frau nicht leiden konnten. Die Frau mutmaßte wohl allerlei, konnte ihn aber nie recht packen; im Sohn fand sie ähnliche Anlagen, darum hielt sie ihn so streng, und darum erschien ihr sein Verkehr »ins Hesse« als sein Verderben, und schon lang arbeitete sie dagegen.

Aber darin war Franz wie der Vater, er ließ sie reden, machte sein nachgiebigstes Gesicht dazu und that nach wie vor was er wollte. All ihre Auslassungen über »'s Hesse«, über die Faulenzerin von Mutter, die Tagdiebe von Buwe, den Unband von Sannchen hörte er, Zustimmung nickend, an, aber er klebte dort wie Pech. Wenn sie erst eine Ahnung von der eigentlichen Ursache seiner hartnäckigen Besuche gehabt hätte!

Denn was sie im Grund von Sannchen hielt, kam heraus, als sie von ihren Thaten hörte. Da mußte auch ein feines Glöcklein mehr von Franz geläutet haben, als ihm lieb war. Ihre Verachtung für Sannchen kannte keine Grenzen und ihre Schimpfereien über seine dicke Freundschaft wuchsen ins Ungeheure.

Alle waren sie nichtsnutzig, alle, und Sannchen »des geht unner« sagte sie ein über das andere Mal, »des geht unner«, und sie freute sich förmlich jetzt schon auf den Untergang.

Nur daß sie diesmal bei Franz schief ankam. Er machte eines Tages, ganz unerwartet, unterstützt von dem Vater einen ganz gewaltigen Krach und entsetzte sie definitiv ihrer Herrschaft. Er ließ sich nichts mehr sagen, er widersprach, er verteidigte »'s Hesse«! Sie atmete auf, als die ganze Familie nach München verschwand. Nur weit, möglichst weit weg!

Aber siehe da, als Franz den Einwilligen an den Nagel gehängt hatte, zog auch er fröhlichen Herzens nach München, anstatt nach Heidelberg, wie es bestimmt war, und sie erfuhrs erst, als er schon an der Isar festsaß. Das gab natürlich ein Lamento ohnegleichen, und Tage und Wochen ging sie nicht von dem einen Thema ab, nur ändern konnte sie nichts mehr. Der Alte drehte sich um, wenn sie anfing, und der Junge lachte sie aus, als er nach dem ersten Semester angerückt kam.

Ein flotter Student, in der That, wenn auch etwas korpulent, nur daß er dies fatale, listige Lachen an sich hatte! Er »grunzt«, nannten sie's in der Verbindung, wo sie ihn in seiner Gutmütigkeit, die ein klein wenig heimtückisch sein konnte, schon eher zu nehmen wußten, als die eigene Mutter.

Gerade sein lächelndes Verschweigen und sein gutmütiger Eigensinn ärgerten sie am meisten. Ob ihm wohl einfiel, je von der Familie Heß zu erzählen? Er mußte doch sehen, wie sie darauf brannte etwas von ihnen zu erfahren. Endlich konnte sie's nicht mehr aushalten und platzte los: »Gell, des Sannche geht unner?«

»Oh sehr im Geigendeel«, erwiderte er echt studentisch, »es schwimmt lustig owedruff,« mehr war nicht aus ihm herauszubringen, er lächelte nur.

So blieb es ein paar Jahre und sie mußte allen Ärger verschlucken. Kam sie zu ihrem Mann, so murmelte er etwas von Lappalien, doch merkte sie, daß er oft mit dem Sohn lange und heftige

Auseinandersetzungen hatte. Auch fing der Vater zum erstenmal in seinem Leben an vom Sparen zu reden und trug sich sogar mit Bauplänen.

Der Sohn ließ sich selten im Elternhause sehen, sie fing schon an ihn für einen ungeratenen Sohn zu halten, zumal er nie von irgend einem Examen sprach, geschweige denn eins machte.

Doch plötzlich begann er einer dicken, blonden, sehr schönen Hotelierstochter den Hof zu machen, nicht hitzig gerade, aber doch ziemlich stetig, das hob ihn in ihren Augen, und sie begann ihn fast zu achten. So viel Vernunft hatte sie ihm nicht zugetraut, zwar bei seinem Vater war es ähnlich gewesen mit ihr – es war der gescheitste Streich, den er im Leben gemacht, sonst fielen ihm nur dumme ein und solche, die sie ärgerten.

Sogar im Tod brachte er ihr Ärger. Er starb nicht wie andre Christenmenschen im Bett, nachdem sie ein paar Tage oder Wochen krank gewesen, sondern im Wirtshaus. Vom Wirtstisch weg, weg von lustigen Kameraden mußten sie den Toten holen, er war umgefallen mit den Karten in der Hand.

Sie erwartete die Geschäftsbücher in Unordnung zu finden, es wäre ihr trotz ihres Geizes eine Genugthuung gewesen, aber alles klappte, alles war in tadelloser Ordnung, nur Franz, ihr Einziger, Franz, der in der letzten Zeit zu großen Hoffnungen berechtigte, hatte sein ganzes Erbteil »verstudiert«, daß heißt verlebt. Ihr Zeter und Mordio, ihr Schimpfen und Fluchen half nichts, weg war's und Franz wurde noch grob mit ihr obendrein.

»Keinen Pfennig kriegst De von mir, keinen Pfennig, komm mir nur nit, ich will nix mehr, gar nix mehr von Dir wisse,« schrie sie ihn an und sie hielt Wort.

Franz führte aber trotzdem die blonde Hotelierstochter mit der gediegenen Basis heim. Er hatte sein Studium an den Nagel gehängt und war bei einer Bank eingetreten.

Wollte die Alte nicht, so sollte sie's bleiben lassen, später mußte er ja doch den ganzen Krempel kriegen. Sie war nicht bei seiner Hochzeit gewesen und kümmerte sich nicht weiter um ihn. Ihrethalben konnte es ihrem Einzigen gut oder schlecht gehen, von einem solchen Verschwender wollte sie nichts hören. Sie hatte Angst, er könne ihr einmal mit Kind und Kegel angerückt kommen in Armut, doch Franz schien ausgetobt zu haben. Er war ein braver Ehemann, der seiner braven Frau keinerlei Kummer machte, gut mit ihr lebte und sich sogar ein ansehnliches Sümmchen ersparte. Der Geist des Vaters schien sich empfohlen zu haben und ein Teil vom Geist der Mutter in ihm zu erwachen.

Von Pimpernellche hatte Franz zwei Briefe bekommen, die er nie beantwortete, nicht weil ihm nichts daran gelegen war, sondern weil er sie jedesmal verlegte und keine Adresse wußte. So kam's, daß er ihr weder seine Heirat, noch die Geburt der Kinder melden konnte.

Im dritten Jahr der Ehe starb plötzlich seine gute, dicke, blonde Frau, und selbst das konnte er der Jugendgespielin nicht schreiben.

Um so überraschter war er, trotz seines anscheinenden Mangels an Freundschaft wieder einen Brief von ihr zu bekommen. Hatte sie vorher immer in einem zufriedenen, oder eigentlich resignierten Ton geschrieben, so schien sie jetzt den klösterlichen Frieden dieses Institutes, das sie nie verlassen, gänzlich entbehren zu können.

Sie schrieb ihm unter anderem: »Ich habe auf einmal solch schreckliches Heimweh nach Deutschland, daß ich fühle, ich muß heim. Ich habe mir so viel gespart, daß ich die Reise riskieren kann. Ich weiß nicht mehr was ich hier soll. Ich habe hier Keinen, der sich wirklich um mich sorgt, und um den ich mich sorge. All mein Leben war Stückwerk, Halbheit. Könnte ich denn nicht zu Hause etwas finden, das mich ganz ausfüllt? Die Meinen leben doch noch, besser bei ihnen die Letzte, als in der Fremde die Erste. Zudem höre ich nichts, absolut nichts von ihnen und ängstige mich. Sollte mir nicht da eine Mission blühen? Ich vergehe vor Sehnsucht einmal am richtigen Platz zu stehn. Schreibe mir, ich bitte Dich, über die Meinen.«

Franz hätte wohl gern geschrieben, aber die Adresse und dann – die Ihren? Diplomatisch veranlagt war er nicht, und so zermarterte er sich sein Hirn wie er Pimpernellche von ihrer Familie berichten könne, ohne die Wahrheit zu sagen.

Darüber wurden seine beiden rosigen, blonden Babys schwer krank, und all seine Gedanken, seine Sorgen galten ihnen. Hatte seine Heirat, die Geburt der Kinder und der Tod seiner Frau die Mutter nicht auszusöhnen vermocht, die Krankheit der Kinder thats. Freilich hatte er ihr auch einen flehentlichen Brief geschrieben. Sie kam, doch ihn schob sie bei Seite, er war wie verbannt im Haus, durfte sich nicht mucksen.

Wie ein Wächter mit flammendem Schwert stand sie an der Thüre des Krankenzimmers und ließ nur herein, was sie kontrolliert hatte. Nur mit ihrer Erlaubnis wurde geschlafen, geweint und geredet. Und sie wich und wankte nicht, steil aufgerichtet, voll eiserner Willenskraft, saß sie vor den kleinen Betten und trotzte dem Tod. Und sie verjagte ihn.

»M'r muß nur wolle«, sagte sie zu Franz, »Du freilich hast Dein ganzes Lebe nit ernsthaft gewollt.«

Franz schwieg immer auf solche Zärtlichkeitsausbrüche hin, und die häusliche Luft beengte ihn immer mehr, jetzt wo der Bann gewichen und der schwarze Gast vertrieben war.

Er hätte tanzen, singen, schreien mögen, es war ihm ja alles wiedergeschenkt, doch da saß sie und verlangte von ihm das Betragen eines korrekten Schuljungen. Auch die Kinder erschienen ihm fremd, wie sie so still und gehorsam in ihren Bettchen ruhten, wie kleine Maschinen bedient wurden und wie kleine Maschinen funktionierten. Saperlot, was anderes hätten sie gebraucht, Liebe, zärtlichste Fürsorge, Wärme, die Sonne.

Und wie schien sie so herrlich über Straßen und Plätze, die echte, rechte warme Sonne! Tag für Tag heller Himmel und warme Luft, ein seltner Lenz für München.

Die Sträucher an den Anlagen trugen schon dicke Knospen, die über Nacht ganz plötzlich aufblühten, die Kastanienbäume streckten ihre großen hellgrünen Fingerblätter aus und hielten stolz die weißen Blütenkerzen in die Höhe. Es duftete allüberall von frischem Grün, und die Sonne brannte herab, als wolle sie die Erde sprengen und alles gewaltsam herauslocken, Franz hielt's zu Hause nicht mehr aus. Er bürstete seinen hellen Anzug im Vorplatz aus und drehte seinen kleinen Schnurrbart zum letzten mal vor dem Spiegel, als es läutete. Er ging selbst um aufzumachen und fand eine fremde Dame draußen.

Mit einer tiefen Verbeugung begrüßte er sie, denn die Dame war distinguiert angezogen. Darauf gab er noch immer viel. In Bezug auf sein Äußeres war er in den Versuchen einen Dandy vorzustellen ziemlich weit gekommen, und ausgesuchter Eleganz bei einer Frau spendete er immer respektvolle Bewunderung.

Aber Herrgott! – was da zu reden anfing, das war ja Pimpernellche! Wirklich und wahrhaftig Pimpernellche, nur ins Ladylike und Gereiftere übersetzt! Ehe er nur daran dachte ihr seine Freude zu äußern, mußte er erst Verzeihung haben, denn all seine groben Vernachlässigungen fielen ihm wieder ein, und es war wieder der gute Franz, mit den tappigen Kinderhänden, der ihre Hände streichelte und gute Worte gab. Sein ganzes Gesicht lachte, als er sah, daß sie ihm nicht nur nichts nachtrug, sondern selber eitel Freude war.

Was wollte er denn? Da war ja ein Freund aus alter lieber Zeit, da war jemand, der seine Herzensöde verstehen würde, er vergaß ganz nach wie und wann und warum zu fragen, stand nur immer auf dem sonnigen Flur und schaute Pimpernellche mit Wohlgefallen an.

Weil sie nur da war! War's ihm doch ganz so, als sei sie nur wegen ihm gekommen, und er versicherte ihr fortwährend, *wie*lieb es von ihr sei, daß sie überhaupt gekommen.

Daß sie nicht immer im Gang stehn konnten, fiel ihm aber doch zuletzt ein, und er begann stockend:

»Komm doch mit! – aber meine Kinder sind krank, ich glaub' es ist sogar ansteckend« –

»Deine Kinder?«

»Ja so! Du weißt nichts?!«

»Und Deine Frau?«

»Meine Frau ist tot.«

»Oh! Du armer Kerl!«

Wie warm sie ihm die Hände drückte! So war schon lang niemand zu ihm gewesen.

Plötzlich wurde er blutrot und sprach auf einmal leise:

»Die Mamme is drinn.«

»Die Mamme is drinn?«

Unwillkürlich langten sie beide nach der Entreethür, und ohne sich weiter zu verständigen, gingen sie sacht die Treppen hinunter, ganz wie früher.

Drunten fingen sie erst zu reden an, und jedes hatte so viel zu erzählen, daß eines kaum das andre sprechen lassen, und eines kaum das andre anhören wollte.

Endlich kam Pimpernellche nach langen vergeblichen Anläufen, nach Fragen, die Franz nicht zu hören schien, immer wieder auf die Ihren. Sie hatte trotz ihrer Anfragen keine Antwort bekommen, trotz ihrer Anzeige war niemand am Bahnhof, sie hatte allen Grund ängstlich zu sein!

»Unsinn!« brummte Franz ärgerlich, »Du hast noch lang Zeit hinzukommen, es ist alles in Ordnung dort.«

Und er hörte nur mehr mit halbem Ohr zu und wußte ihr so viel Vorschläge zu machen, kam mit einer solchen Menge von Plänen, Hofbräuhaus und Pinakothek, Bavaria und Löwenbräukeller, deutsches Theater und Volksgarten.

Warum ging er denn nicht einfach mit, wo sie nichts weiter wollte als ihn abholen, damit er sie hinführe?

»Ist wirklich alles in Ordnung?« fragte sie ängstlich.

»Ja, ja, natürlich«, erwiderte er etwas gereizt, »ich hab' Dirs doch gesagt, es geht ihnen aus–ge–zeichnet.«

»Und sie leben wirklich nicht in ärmlichen Verhältnissen? Siehst Du, das hat mich immer bekümmert, – hören ließen sie ja nichts – wie sich wohl dies unerfahrene Kind, das Sannchen, in der großen Stadt zurechtfinden würde, ohne richtigen praktischen Sinn, doch eigentlich ideal in gewisser Beziehung, und die Buwe –«

»Oh Sannchen hat sich überraschend zurechtgefunden.«

»Du kommst also hin?«

»Hm, ja, – oh ja, das heißt vor meiner Verheiratung sogar sehr oft, allein und mit andern, Du verstehst, doch später –«

Nichts verstand sie. Sie sah ihn an mit dem Ausdruck eines geängstigten Babys.

Teufel, das wurde ungemütlich! Nette Situation in den Apartements der Schwester. Um keinen Preis der Welt ging er mit. Wozu sie wohl in die Fremde gezogen war? Ein merkwürdiges Institut mußte das schon sein, aus dem sie kam wie sie hineingegangen. O tugendhaftes England!

»Du verschweigst mirs, es geht den Meinen schlecht!« schrie plötzlich Pimpernellche, und nun heulte sie auch noch!

Wenn er etwas nicht sehen konnte, so waren es Thränen, nicht einmal seine Kinder konnte er weinen sehn. Er rief schnell nach einer Droschke, stopfte Pimpernellche hinein und kletterte nach. Ungeduldig und zornig redete er auf sie ein, während sie nur immer ängstlich bat: »Geh mit!«

»Aber ich will Dich ja gern abholen!«

»Abholen? Ich bleib doch dort!«

Er fuhr in die Höhe, zum Schaden seines neuen Cylinders.

»Du? Bleiben? Unter keiner Bedingung!« Er räusperte sich einige Zeit. »Du weißt, die Stadtwohnungen, klein, keine Ahnung eines Fremdenzimmers, kein freies Bett, es geht nicht, geht absolut nicht, Du wirst ja gleich sehen, denn da sind wir.«

Er öffnete schnell den Schlag, drängte Pimpernellche hinaus, rief ihr nach »in einer halben Stunde!«, klappte die Thüre zu, die Pferde zogen rasch an – da stand Pimpernellche, starrte dem Wagen nach, der sich schnell entfernte, und es war ihr zu Mut, wie wenn sie umkehren und dem Gefährt nachlaufen müsse.

Das Haus vor ihr war der rechte Zinskasten, mit schäbiger Eleganz gebaut, überall formlose Verzierungen angepappt, der Vorgarten noch wüst, ohne Gitter, in den Ecken sichtbare Spuren des Baues. Das Treppenhaus war mit grellen Malereien bekleckst, es roch nach frischem Anstrich, Tünche und Kleister, doch waren schon alle Stockwerke bewohnt, überall hingen Schilder und Visitenkarten. Während Pimpernellche langsam die Stiege hinaufstieg, wurde die eine und andre kleine Klappe am Auslug gehoben um nach ihr zu spähen.

Im dritten Stockwerk sprang jemand aus einer Thüre und vor ihr schnell die Treppe hinauf. Pimpernellche sah flüchtig eine Fülle roter Haare, die hochtoupiert, wie eine Perrücke rings um den Kopf standen. Das weibliche Wesen trug ferner karrierte seidne Strümpfe und entzückende Lackschuhe – dafür hatte sie Sinn in England bekommen – mehr konnte das kurzsichtige Pimpernellche nicht sehen, denn die junge Dame lief hastig, tapp, tapp, tapp, die Treppen hinauf und verschwand im vierten Stock, als Pimpernellche noch die Hälfte der Treppe hatte.

Wie komisch! im vierten Stock wohnten ja die Ihren, und zwar schienen sie die beiden Wohnungen zu haben, denn links stand deutlich »bitte rechts läuten«.

Die ganze große Wohnung?

Und das *konnte* doch nicht Sannchen gewesen sein, Sannchen mit den Goldlocken, und diese rote Schöne!

Sie läutete zaghaft. Ein kleines Dienstmädchen, dem ein Kranz halbverbrannter Haare wie eine Bürste rings um die Stirne standen, öffnete. Es war vergeblich bemüht, eine weiße Schürze über ein schmutziges Kleid zu ziehn, und sah Pimpernellche mit frecher Neugierde an.

Der Gang war ohne Fenster und durch eine Ampel aus mattrosa Glas erhellt, rechts und links hingen Garderobehalter, neben dem Spiegel war ein rotes, mit Seide gefüttertes Kleid unordentlich aufgehängt, dessen Innenvolants in Fetzen herabhingen.

Das struppige Dienstmädchen öffnete auf Pimpernellches Frage nach Frau Heß eine Thüre, unter der es noch eine Zeitlang stehn blieb, um Pimpernellche mit herabhängender Unterlippe anzustarren.

In einem Plüschfauteuil am Fenster saß eine ungeheuer dicke Frau in einem türkischen Schlafrock, und rings um sie, auf Stühlen und auf dem Boden, lagen Musterbücher und Kartons.

Nachdem sich die Umfangreiche eine Zeitlang besonnen, stand sie wirklich auf und schob die Kartons unwillig von sich. Einen Schritt ging sie auf Pimpernellche zu und zog die Schleppe ihres Schlafrockes faul hinter sich drein, dann besann sie sich eines Besseren, kehrte wieder um und versank in dem ächzenden Lehnstuhl.

Die Finger der Dicken stacken so voller Ringe, daß sie sie ausspreizen mußte, eine große Broche hielt statt des letzten Knopfes das Kleid oben zusammen. An den Schläfen war das Haar über Lockenwickel gedreht, die dort lagen wie dünne, schwarze Schnecken, die die Hörner in die Luft streckten.

Das war die Mutter. Wie viel fetter war sie geworden! Ein ganzer Wulst von Fett quoll aus der Krause des Ausschnitts hervor und das eigentliche Kinn ruhte auf einem weiteren weißlichen Polster.

»Ach so, Du bischts wirklich«, sagte sie in ihrem alten pfälzer Dialekt.

Pimpernellche auch nur die Hand zu geben fiel ihr gar nicht ein.

»Setz Dich« fügte sie endlich bei, nachdem sie mit Anstrengung sich der Kartons wieder bemächtigt hatte.

»Da« machte sie, und reichte Pimpernellche eines der Musterbücher. »Ich such m'r ä Kleed aus, ich fahr' als spaziere, und eens vor's Sannche, die will freilich selber, aber's macht mir Pläsier«, und sie schob Pimpernellche einen weiteren Stoß zu, gerade wie wenn sie erst zur Thüre hinausgegangen und wieder hereingekommen sei.

»Ist Sannchen da?« frug Pimpernellche, nachdem die Mutter keine Miene machte, sie zum Ablegen aufzufordern, sondern ruhig fortfuhr, die Stoffe zu betrachten.

Sie nickte und klingelte das zerzauste Dienstmädchen herbei: »'s Fräulein« befahl sie träg, dann lauter »no, werd's ball?«, da die Kleine stehn blieb, und den Gast frech und verwundert musterte.

»M'r hen noch eeni« sagte die Mutter und glättete ein starres Seidengewebe. »Schöner Changeant!« (sie sprach »Schaoschao«).

»Zwei Dienstboten –?!«

»No!?! m'r hen doch fünf Zimmerherrn!«

»Fünf Zimmerherrn!? Und die Einrichtung?« Pimpernellche sah sich erst jetzt um.

Das Zimmer war mit einer Taschengarnitur in grellen Farben ausgestattet, hatte Möbel in mattem und poliertem Holz und einen Axminsterteppich, ganz der Geschmack der Mutter.

»Do guck, do kummt's Sannche!« Zum erstenmal schaute die Alte von ihren Mustern in die Höhe.

Ja da kam sie; eilig hatte sie es gerade nicht, und freudig erregt schien sie auch nicht übermächtig. Doch gab sie der Schwester die Hand und sah sie interessiert an.

»Dein' Jack' geht ausgezeichnet, wie elegant! Und mit Seide gefüttert!« und mit einer ihrer früheren Bewegungen drehte sie Pimpernellche herum. »Fehlt noch, daß Du in 'em Wage gekomme bischt.«

»Das bin ich und zwar mit Franz.«

»Mit Franz? Wo is er denn? Drunte noch?«

Und im Nu hatte sie die beiden Fensterflügel aufgerissen, lehnte sich weit hinaus und schrie hinunter: »Franz – Franz!«

Wie sie so im Fenster lag, von der hellen, kalten Frühjahrssonne beschienen, sah Pimpernellche trotz ihrer kurzsichtigen Augen, daß sie geschminkt war, und daß sie auch die Dame mit den seidnen Strümpfen sein mußte; die Haare schimmerten im unzweifelhaftesten Goldrot.

»Was ist denn mit Deinen Haaren?« frug sie.

»Was werd dann sein? Anderscht sin se halt, un so g'fallen se mir.«

»Und sonst – sonst gehts Euch gut?« frug Pimpernellche, die vergebens Anläufe machte, sich als Tochter und Schwester zu fühlen.

»Dank der Nachfrag, recht gut! sagt der Münchner.« Dabei brach Sannchen in ein schallendes Gelächter aus. Wie sie den Kopf zurückwarf! Pimpernellche fühlte schon richtige Gouvernantenentrüstung aufsteigen, doch besann sie sich noch.

»Und die Buwe?« frug sie.

»Die gnä' Herrn sind da, machen erst um zwölf ihren kleinen Bummel, Du mußt schon mit herüber kommen, denn da herein bringt die kein Kuckuk.«

Sannchen ging voraus und schlenkerte die Arme, daß die Seide ihrer bunt karrierten Blouse knisterte, riß die nächste Thüre auf, schob Pimpernellche hinein und schrie laut lachend: »Der Pimpernell,« dann machte sie die Thüre sofort wieder zu und verschwand.

Drinnen war solch ein Tabaksdampf, daß Pimpernellche zuerst nichts sah wie ein paar lange unbeschuhte Füße, die über die Seitenlehnen eines Sophas herabhingen, die Zehen etwas nach einwärts gebogen. Endlich gewahrte sie einen Menschen mit einer langen Pfeife im Maul, die er auf den Boden aufgestützt hatte. Neben ihm, auf einem niedern Fauteuil hockte noch einer und drehte Cigaretten. Auf dem Tisch standen leere Weinflaschen und Gläser, und im Hintergrund auf einem Divan lungerten noch zwei Individuen herum, während eines rittlings auf einem Stuhl am Fenster saß, den Rücken der Stube zugekehrt.

»Herrgott, da legst di' nieder,« rief der cigarettendrehende Bruder in schlechtem Münchnerisch, während der andre gar nichts sagte, sondern eine überaus große Wolke weißblauen Dampfes ausstieß.

Der Cigarettenbruder besann sich eine Zeitlang, dann stand er auf – er war gerade mit Drehen fertig – und gab mit einer gemacht ehrfurchtsvollen Verbeugung Pimpernellche die Hand. Es war »Kall« der Älteste.

»Ihr habt Besuch?« frug sie unsicher.

»Besuch? zwei Zimmerherrn und einen Besuch. Meine Schwester, Erzieherin, Schuvernante, wenn i bitten derf, sehr eine solide Jungfrau, direkt aus England importiert, keine gangbare Sorte« – stellte er vor.

Die beiden Herrn, die sich auf dem Divan geräkelt hatten, standen auf, verbeugten sich, und diese Verbeugung zugleich als Abschiedsgruß benützend, verschwanden sie.

»Terra incognita!« lachte Karl und der auf dem Sopha grunzte mit. Plötzlich schrie er gerade hinaus vor Vergnügen: »Jessas! daß i jetzten erscht dran denk! Pimpernell, schnell dreeh di' um, das giebt an G'spaß, auch ohne Mondschein, schau doch wer dort steht! Na, bin ich kein edler Bruder und was verdien' ich für die Überraschung?«

»Keine Anzüglichkeiten meine Herrn, benehmen Sie sich der Situation gemäß!«

Diese volle und dabei etwas schnarrende Stimme, Pimpernellche trat unwillkürlich einen Schritt zurück, der da am Fenster, – war von Reitz.

»Wohnen Sie in diesem Haus?« stotterte sie fassungslos.

»Nein gnädiges Fräulein, jetzt nicht, früher, aber auch nur kurz – meine Finanzen, ja, –« murmelte er, »übrigens gereicht es mir zur ganz besondren Freude, gerade Sie hier begrüßen zu dürfen, Sie haben sich in eine elegante Dame in England verwandelt, ich gratuliere.«

»Oh – das –! es ist sehr liebenswürdig von Ihnen, ich, ich war gar nicht auf Sie vorbereitet.«

»Ich verstehe Sie. Sie sind auch in der Fremde kindlich und einfach geblieben, das Leben hat Sie nicht berührt.«

Ein Prusten vom Sopha her unterbrach ihn.

»Ihre Brüder sind auf dem äußersten Punkt des Mutwillens angelangt, sie haben Sie nie verstanden, nur ich – übrigens haben die jungen Herrn zu wenig zu thun.«

»Oho! – oho! Ich muß bitten! Da müßt' i 'bitten! Nix zu thun!« schrieen die zwei: »Wenn das ein Vergnügen und keine Arbeit ist, immer fünf Zimmerherrn ins Haus zu bringen und drinn zu halten –!«

»Nun was das »Halten« anbetrifft, dafür, dächte ich, sorgten doch Sie nicht!«

»Benehmen Sie sich der Situation gemäß,« äffte ihn Karl nach.

»Übrigens Mahlzeit jetzt, Pimpernellche, Du mußt uns entschuldigen, wir müssen jetzt dringende Geschäfte erledigen, uns anziehen u. s. w., Mahlzeit! beschau Dir die andern Gegenden, Mutter u. s. w.«

Herr v. Reitz öffnete dem perplexen Pimpernellche die Thüre, nicht die, durch die sie gekommen, und führte sie in einen kleinen blauen Salon, immer in respektvoller Entfernung hinter ihr gehend.

»Das Reich Ihrer Schwester.«

»Oh, ist das elegant!« diesmal sah sie sich wirklich um. »Wie sie das nur so versteht! und auch, – wie sie's kann, wie sie's kann! Es sind teure Sachen –«

»Ja, Ihre Schwester ist immerhin veranlagt, wenn sie auch nicht gerade genial ist. Ihr fehlt jeder große Zug, ich hatte mehr erwartet, etwas zu viel vom Temperament der Mutter.«

Da regte sich ein gewisser Familienstolz in Pimpernellche. Sie hob den Kopf und wurde rot, während sie sprach.

»Ich denke, sie hat es weit genug gebracht. Sich so zum Haupt der Familie zu machen, und ein Haus in dem Stil zu leiten, – ich hätte das nicht gekonnt.«

»Nein, Sie hätten das nicht gekonnt.« Der Maler verneigte sich. »Es macht Ihnen alle Ehre, so neidlos zu sein, Sie sind in der Bescheidenheit und in der scheinbaren Erkenntnis der Sachlage die gleiche geblieben. Erinnern Sie sich auch noch an den Spruch, den ich Ihnen mitgab als Leitstern Ihres neuen Lebens: Tugend vergeht, Schönheit besteht?«

»Sie haben ihn damals falsch zitiert und zitieren ihn wieder falsch« unterbrach ihn Pimpernellche eifrig.

»Verzeihen Sie! Falsch für Sie, richtig für andere. Unsere Lebensauffassung ist ja etwas verschieden, aber doch nicht so, hoffe ich, daß sie sich nicht zusammenkorrigieren läßt. Sie sind ja auch aus der Familie. Was gedenken Sie hier zu thun?«

»Ich – ich weiß wirklich nicht.«

»Wenn ich Ihnen mit irgend etwas helfen kann, wenn Sie einen Freund brauchen –.«

Er ergriff Pimpernellches Hand und küßte sie: »Bei den Ihren ist doch keine Möglichkeit« –

»Franz war wohl so lieb mir anzubieten« – stotterte Pimpernellche verlegen.

Der Maler horchte auf. »Franz? – Ach ja, der flotte Wittwer! Ich besinne mich. Gratuliere. Das ist auch kein Hindernis. Man muß sein Leben schön ausklingen lassen, wenns in Harmonie geschehen kann, wenn man keine rechte andere Entwicklung mehr sieht, oder glaubt. Bringen Sie's zum schönen Abschluß mit ihm, verstehen Sie? Die Glanzlichter können Sie, wie wir Maler sagen, trotzdem immer noch aufsetzen. Und in diesem Sinne möchte ich mich nochmals als Freund empfehlen, vergessen Sie das nicht.«

Er machte ihr eine tiefe Verbeugung und ließ sie heiß und verwirrt in das Zimmer ihrer Mutter eintreten. Sie glaubte ersticken zu müssen, in allen Räumen war trotz des herrlichen Frühlingstages geheizt, sodaß sie die Knöpfe ihrer Jacke aufriß.

Die Mutter, die immer noch mit Sannchen über den Musterbüchern brütete, schaute gar nicht auf, und Sannchen frug ganz unvermittelt:

»In welchem Hotel bischt dann?«

»In welchem Hotel?«

»No ja,« machte sie ungeduldig, »oder in welchem Gasthof?«

Pimpernellche knöpfte sofort wieder ihre Jacke zu.

»Das ist doch kein Grund bös zu werden! Man wird doch noch frage dürfe! Du siehst doch, daß Du *da herein* nicht paßt; übrigens so arg pressierts nit, mir essen erst in 'ner Stund.«

Aber Pimpernellche hatte schon die Thüre in der Hand, kaum brachte sie ein »adieu« heraus, im Nu war sie draußen und raste förmlich die Treppen hinunter. Fast hätte sie Franz umgerannt, der im Hausgang auf sie wartete. Sie sah ihn gar nicht, wollte an ihm vorbei, bis er sie fest am Handgelenk packte und zum Wagen brachte.

Da saß sie lang und brachte kein Wort heraus, sah nur stier in eine Ecke.

Zuletzt hielts Franz nicht mehr aus, und wie er es bei solchen Gelegenheiten gewöhnlich machte, er fing zu schimpfen an. Über sich diesmal, was er nicht immer that.

»Ich bin ein Feigling, ein elender, ja, ja, ja, Dich so allein da hinauf zu lassen, nein, nein! *die Dummheit!* Und alles nur aus Angst! – ich Esel! – Sei still, Pimpernellche, komm, es ist ja nicht so schlimm, oh gar nicht –, nur vor Dir schämte ich mich –«

Da fuhr sie ihn aber an!

»Nicht so schlimm? Was weißt denn Du? Warst Du dabei? Wie kannst Du's wissen? Mich so zu behandeln! Nein! nein! nein, wie einen Hund! Und alles nur, weil, – weil ich nicht vornehm genug bin, weil ich – nicht in ihr feines Haus passe! Und*der* auch noch, *der* –«

Und nun kam's, ein ganzer Wasserfall noch dazu! Es war zum Verrücktwerden! Franz, dessen Gesicht die ganze Zeit seltsam gezuckt hatte, konnte sich diesem Ausbruch gegenüber gar nicht helfen. Am liebsten wäre er oben zur Kalesche hinaus.

Er redete zu, er streichelte des Mädchens Hände, er bat, er schimpfte, er fluchte, er rüttelte sie, er schrie sie an: »Still sein! Sei still! So red' doch! Still sein!«

Endlich, endlich wurde die Flut weniger, nur hie und da stieß sie's noch, zuletzt setzte sie sich kerzengrade und sagte mit aller Entschiedenheit: »Ich geh auf der Stelle wieder nach England.«

Das kam Franz so komisch vor, daß er gerade hinaus lachte.

»Vorderhand bist Du noch in meiner Droschke, und ich hab' gar nicht im Sinn, Dich sofort wieder nach England zu lassen.«

Er nahm auf einmal seinen Hut ab, wie wenn's ihm zu heiß würde, hielt ihn gravitätisch auf den Knieen, schaute zum Wagenfenster hinaus, räusperte sich und sagte endlich: »Ich hab' mirs überlegt, daß heißt ich habe gar nicht viel Überlegung dazu gebraucht, wie wärs denn, wenn Du mit zu mir gingst?«

»Zu Dir? Franz, Du bist gut, von Herzen gut, aber – eigentlich – und dann die Mama!«

Einen Augenblick duckten sich beide und waren mäuschenstill, dann sagte Franz: »Wenn Du fest zu mir stehst, trau ich mirs sofort aufzunehmen, wenn Du sonst keine Bedenken –«

Und Pimpernellche schlug ein. Auf einmal wurde es ihr leicht ums Herz, wenn sie an die Zukunft dachte, hatte sie ja Franz! Und sie schaute in sein ehrliches Gesicht, das ganz verlegen aussah. Nein an etwas Schlimmes dachte Pimpernellche nicht! Einfach, naiv, voll Wärme zuletzt, nahm sie den Plan auf. Franz konnte beruhigt sein.

»Siehst Du, Du bist der einzige Mensch in Deutschland, der sich überhaupt darum kümmert, wie mirs ums Herz ist. In Deutschland! Auf der Welt überhaupt! Wenn ich bei Dir bin, ists mir wahrlich ein Stück Heimat, ich hab' sonst keine. Ich will alles für Dich thun, Dir auch Deine Kinder gesund machen –«

»Mach' keine Geschichten« brummte Franz und wurde noch verlegner. Nein, sie konnte beruhigt sein, wenn schon, dann in allen Ehren, auch wenn sie aus der Familie war.

»Mit mir war auch schon lang keiner mehr gut, und mir thuts auch wohl,« murmelte er und griff nach Pimpernellches Hand.

Dann schauten sich die beiden Bundesgenossen einen Augenblick an, und Pimpernellches Gebahren war das eines »ahnungsgrauend, todesmutig,« aber verzückt in den Kampf Eilenden. Und er tobte wirklich droben, nachdem die Mama den ersten Schrecken überwunden und völlig Herr ihrer Zunge war.

Pimpernellche hielt sich wundervoll. Eine Dame gegen ein Waschweib. Franz war eitel Erstaunen und Bewunderung. Vorderhand beschränkte er sich darauf. Im allgemeinen ging seine indolente Natur noch immer jedem Kampf in einer schönen Linie aus dem Wege, aber nachdem Pimpernellche ihn mit aufmunternden Blicken antrieb, und er sich genugsam an ihrer Energie gestärkt hatte, setzte auch er ein. Und wenns einmal so weit war, machte er es gleich radikal ab. Es war genau höchste Zeit, die Alte fing von der Schwester an, gerade, daß er die Belfernde in ein anderes Zimmer drehen und ihre giftige Zunge isolieren konnte. Kaum zehn Minuten danach kam er sehr gerötet, aber gehoben zurück, und in einer Viertelstunde rasselte eine Droschke vor, die den alten Drachen zum Jubel der Dienstboten entführte.

»Ich hab' ihr gesagt, daß sie von nun an kein Recht mehr hätte, sondern, daß das einer andern zustehe und die andre seist Du, weil ich – so hilf mir doch, Pimpernellche, weil ich Dich, nun weißt Du denn nicht was ich will?

»Mei Fraa, sollscht werre,« schrie Franz endlich im echtesten Pfälzisch, »wann d' willscht, freilich, wann d' willscht.«

Er war auf einmal ganz kleinlaut geworden, nachdem ihn die Woge des Sieges so hoch getragen. Ängstlich schaute er auf Pimpernellche, es kam ihm gar nicht mehr vor, wie wenn er ihr ein Geschenk gäbe, sondern wie wenn er um eines bäte.

»Willscht dann nit?« schrie er endlich ungeduldig, im Zorn aller Gutmütigen.

Aber da hing sie auch schon an seinem Halse, und diesmal ärgerten ihn die Thränen nicht, die ihr aus den Augen stürzten, es waren übrigens nur ein paar, und sie lachte gleich darauf.

»Jetzt versteh' ichs erst. *Das* hat v. Reitz gemeint, diesen Abschluß!« stammelte endlich Pimpernellche. »Wie weitsehend er ist und welch edler Mensch! Ich habe ihn doch verkannt. »Man muß sein Leben schön ausklingen lassen,« sagte er, – ich habe ihn ja heute bei den Meinen getroffen, denke! – Ja, Dich, die Kinder, und ihn als Freund,« sie umarmte Franz stürmisch, »welche Harmonie! oh, er wird das verstehn, Franz, wie glücklich werden wir sein! Wie ist das so plötzlich gekommen, dies Himmelsgeschenk –« und sie hielt Franz an beiden Händen fest, ein wenig von sich ab; »nun bist Du doch mein Elmar, freilich ein ganz andrer,« sagte sie lächelnd, »wie das Leben doch reift und verwandelt! Nun mag sie mich verachten undbelächeln, die vornehme Familie, ich tausche jetzt nicht mit ihnen.«

»Davon ein andermal,« sagte Franz würdig, aber ein Grinsen konnte er doch nicht unterdrücken.

Nikolaus Nägele

Nikolaus Nägele war ein Lebenskünstler.

»Mer fallt mei' Butterbrod nit uff die letz' Seit'« pflegte er zu sagen, wenn er sich, mit dem Gemisch von Schlauheit, Frömmigkeit und leichtem Sinn, das nur er zu stand brachte, wieder einmal aus irgend einer Affaire gezogen hatte.

Seit dreißig Jahren war er in derselben Fabrik bedienstet, und sah genau so aus wie damals, wo er als beinah Dreißigjähriger eingetreten war. Derselbe krummbeinige, magere Kerl war er geblieben, mit den glatten, eingefetteten, schwarzen Haaren, die sich nach vorn zu einer Locke krümmten; rechts war sie größer und links kleiner, denn er trug einen schiefen Scheitel, was der an sich sanften und gottergebenen Frisur wieder den Stempel des Übermütigen und Unternehmenden, des Flotten und Eroberungslustigen gab.

Sein Gesicht war noch ebenso bartlos und peinlich rasiert wie damals und sah sanft und willig aus, stets in dieselben Falten gelegt, das heißt, wenn er die Augen nicht aufschlug, und das that er selten. Kamen aber die in ihrer zwinkrigen, lustigen Kleinheit unter den buschigen Brauen zum Vorschein, so wurde man fast verlegen vor dem Widerspruch der zwischen dem lächelnden, eingeölten Gesicht bestand und diesen kohlschwarzen, unruhigen Augen.

Stets ging er tadellos sauber und war der Schnitt seiner Kleider der der andern Arbeiter, so hatten sie durch irgend einentric einen ungewohnten Schwung, und trug er dieselbe Mütze wie sie, so wußte er sie so zu rücken, daß sie bei aller Selbstverständlichkeit und bei allen Züchten schwach an's Verwegene grenzte. Wer ihm einen ersten gleichgiltigen Blick zuwarf, sah sich sicher nach einer Weile nochmals nach ihm um.

Die Schlampigkeit und Nachlässigkeit seiner Kameraden war ihm ein Dorn im Auge. Waren sie alle schwarz wie die Teufel, zerlumpt und kaum zu kennen bei der Arbeit, Nickla – so hieß er eigentlich für gewöhnlich auf gut pfälzisch – warimmer blank, immer adrett, die gepappten schwarzen Haare verrückten sich um keine Linie, die Locken blieben stets an der rechten Stelle, wie ein Phönix stieg er aus der Asche, einen Abglanz seiner frommen Zufriedenheit und Arbeitsamkeit um sich verbreitend. Dabei schien es, als schaffe er mehr wie die andern. Gab es eine Last zu heben, so griff Nickla am eifrigsten zu; er zog und schob und drückte, daß seine Backen blaurot wurden, daß er pustete und schnaufte und kaum Atem kriegen konnte; dabei fand er aber unter Pusten und Schnaufen immer noch Zeit, die andern anzufeuern, und hatte eine Macht der Rede und eine zwingende Gewalt der Ausrufe, daß die Sache wirklich vorwärts ging, wenn er dabei war.

»Er holt sich freilich keen Bruch, des überloßt er uns,« sagten erstaunlicher Weise die andern, die Mißgünstigen, Scheelen, die in ihren engen Seelen Nicklas Lebenskünstlertum nicht begriffen.

Wagte es aber einmal einer, es ihm unter Murren verstehen zu geben, das sei keine Kunst, so wie er's treibe, schaute er ihn nur mit zwinkrigen Augen an, von denen das eine gar possierlich zuckte, und sagte gelassen: »Ei, machen's nooch,« da ging der Neidbold gewöhnlich knurrend von dannen. Zu seiner Höhe hob sich keiner.

Setzte er sich mit der ihm natürlichen ergebenen Würde über gelegentliche Sticheleien der Kameraden hinweg, so hatte er einen, wenn auch wortkargen Widersacher, der ihm eine lange Zeit gehörig zusetzte, und sogar von seiner stets bereiten Milde nahm.

Der andere beanspruchte im vorhinein schon größere Beachtung, weil er, angeblich geboren als natürlicher Sohn eines höheren adligen Offiziers, sich mit dem Zauber seiner diskreten Geburt umgab und in abgebrochenen Reden von dem »schweren Gehoimnis« seiner Abkunft sprach.

Er war ein Kerl wie ein Gorilla, wüst, zottig, voller Fetzen und Lumpen, mit einem erschrecklichen Gebiß, das blendend weiß und mit tadellosen Zähnen aus seinem stets schwarzen Gesicht hervorstach, seine Arme waren viel zu lang und seine Füße platt, aber arbeiten konnte er für zwei. Daß er vor einiger Zeit der Tochter Nägeles Aufmerksamkeit geschenkt hatte, hatte diesen – in christlichen Grenzen natürlich – in die erste Wut gebracht. Wie konnte dieser verlumpte, verdreckte, verlotterte Kerl es wagen, nach einem anständigen »Mädche« auszuschauen? Er, der in seinen Zotteln und Lumpen, in seinem Ruß und Dreck, baarfüßig und ungekämmt aus der Fabrik ging, dessen Haut niemals Seife sah, der Wasser mied wie Feuer, der Sonntags im Bette lag, weil er keinen Fetzen ordentlicher Kleider hatte?

Es schwindelte einen förmlich, wenn man daran dachte – wie konnte er?

Das Mädchen selbst sah gleich allen andern die Geschichte als einen gelungenen Scherz an, der sie auch war. Man durfte nur die wie aus einem Ei geschälte Blondine sehen, deren Haut wie poliert glänzte, weiß wie Milch und rot wie Blut, und dieses wüste, ungeschlachte, verkrustete Untier dazu!

Aber Nickla sah nur die Ungeheuerlichkeit der Sache und nicht den Humor.

War ihm der Gorilla, Winkler genannt, schon lang seines Schmutzes und seiner Überhebung halber verhaßt, so wuchs seit der Nachstellung seine verborgene Wut in's Ungeheure, und eines Morgens rannte er, allen christlichen Eigenschaften zum Trotz, mit einer langen glühenden Eisenstange auf den hartnäckigen Verehrer los, der, still versenkt, dastand, mit allen zehn Fingern wollüstig in seinem vor Schmutz und Staub starren Haarwald wühlend.

»Worm' ich mach Dich hin! Ich haag Dich, as De de Erzborrem suchscht!« schrie er.

Doch als das lange, breitspurige, grinsende Ungetüm sich plötzlich umwendete, warf er blitzschnell, und ohne einen weiteren Laut von sich zu geben, die Eisenstange auf den Boden und lief mit seinen kurzen, krummen Beinchen so schnell er es vermochte aus der Nähe des lachenden und brüllenden Riesen.

Draußen stand Nickla keuchend still. Er war noch ganz fahl vor Wut und Angst, seine Rosenwänglein waren erblichen.

»Desmol hätt' mich ball der Deiwel gepackt! Ich dank unserm Herrgott, daß ich die Versuchung glücklich überstanne hab! Isch bin als Siescher hervorgegange! 's is freilich Chrischtepflicht, aber ich bin doch stolz druff.«

Das waren so ungefähr seine Reden den Kameraden gegenüber.

Von nun an machte er aber einen weiten Bogen um den Sprößling aus altadliger Familie, so oft es ging, um »nicht in Versuchung geführt zu werden.«

»'sch beacht'n nit,« erklärte er in einem Ton, der sich mild und christlich anhörte, doch in der Tiefe für Kenner Tücken barg. Und wirklich, nach einiger Zeit wurde der zottige Gorilla ganz plötzlich entlassen, nicht, ohne daß diese plötzliche Entlassung mit einigen Besuchen Nickla's im Hause des Direktors – natürlich im Düster! – in Verbindung gebracht worden wäre.

Nickla triumphierte laut und ohne Arg, daß der Zottige in seinem weiteren Leben eine nicht gerade unwichtige Rolle zu spielen berufen war.

Der Gorilla fand, dank seiner riesigen Arbeitskraft, sofort wieder Anstellung in einer Seifenfabrik, welch guten Witz des Schicksals Nickla mit seinem schönsten Grinsen begleitete.

Und er grinste erst recht, als der Riese infolge eines Branntweinrausches, den er sich anzuthun gewohnt war, in den heißen Seifenkessel stürzte. Während alle andern den Verletzten bedauerten, kicherte er rückhaltslos und triumphierend: »Jetz is er zum erschte Mol in seim Lewe gewäsche worre.« Als sich die Verletzungen Winklers als nicht lebensgefährlich erwiesen, wurde er nachdenklich und rieb sich die Nase: »Hm – wann der jetzt die dick' Kruscht nit uff'm Leib gehabt hätt', wär er hin.«

Die Kollegen zogen gleich eine Nutzanwendung für ihn daraus und uzten ihn erst recht mit seiner »Wäscherei«.

»Ich geh doch mei Lewe in keen Seefefabrik! Ich hab's doch nit nötig!« wehrte er sie ab, und das Waschen im gemeinsamen Raum und das Kämmen vor dem kleinen Spiegel wurde eher ärger.

»Er zählt sein Hoor, und giebt jedem sein' rechte' Platz, daß se nit streiten« sagten sie von ihm.

Er war stets der Letzte, der vom Spiegel weg, und der Letzte, der aus der Fabrik kam; er hatte allerdings auch sonst noch einige Gründe, niemanden hinter sich zu wünschen, was in die Rubrik seiner Passionen fällt.

In jungen Jahren hatte Nickla eine böse Sieben geheiratet, die ihm zu Hause gehörig einheizte. Aber auch hier bewies sich sein Lebenskünstlertum, und auch hier kam er nicht zu der Auffassung, daß ihm das Butterbrod »uff die letz' Seit'« gefallen wäre.

»Des is die Straf', weil ich früher so viel Mädcher ang'führt hab, ich büß die Sünd jetz uff der Erd, ich krieg herunne schunn alles vum Herrgott verziehe, und derf ohne alle Umständ in de Himmel.« So gestand er mit edlem Freimut seine Fehler und wendete alles für sich zum Besten.

Es ging freilich die Sage, daß er seiner Frömmigkeit, auch seiner Unansehnlichkeit zum Trotz ein rechter Mädchenjäger gewesen sei, und hie und da, wenn er der Versuchung des Schnapses unterlegen war – denn dagegen war er durchaus nicht gefeit –, kamen sehr merkwürdige und garnicht fromme Geschichten von jener Zeit aus seinem Munde. Aber er machte die Augen beim Erzählen zu und murmelte am andern Tage etwas vom »Deiwel«, dem auch der Stärkste unterliege.

Ob sich das auf den Schnaps oder seine Reden, oder die Mädchen bezog, drückte er nicht des Genaueren aus. Doch stand fest, daß der Herr ihn in Bezug auf Schnaps und lose Reden recht oft prüfte, und auch die »Mädcher« sollten ihn in seinem mehr denn fünfzigjährigen Leben noch in's Wanken bringen, wenn er auch da zu allerletzt als »Siescher«, obgleich mit einem reichlich blauen Auge, davon kam.

Der Tod seiner wortreichen und nicht gerade holdseligen besseren Hälfte erschütterte ihn nicht mehr als es anständig war. Er erschien, nachdem sie begraben, mit einer sehr feierlichen Miene zur Arbeit, doch schon mittags hänselte ihn einer: »Guck! mit ehm (einem) Aag' lacht er, mit'm annere greint er.«

»Warum soll ich nit greine?« erwiderte er, durchaus nicht ohne Würde, »des muß mer, des is Chrischtepflicht, und warum soll ich nit lache? Sie hot's überstanne, und ich denk, sie werd aa fertig mit unserm Herrgott.«

Sonst machte sich gar keine Änderung in seiner Lebensweise bemerkbar, vorerst. Er kam als Wittwer ebenso sauber und gebürstet, ebenso rasiert und frisiert daher, wie vorher, also war er nicht kraft ihres Einflusses so gediehen. Er legte sich keine neuen Leidenschaften bei, und blieb den alten getreu.

Er hatte deren nämlich drei. Nicht die gelegentliche, halbverschämte Liebe zum Schnaps meine ich, das waren mehr sporadische Versuchungen, sondern die für den Kautaback, für einsame Spaziergänge, und für den in »Klingendes« umgesetzten Fleiß.

Mit dem Kautaback war es nun so eine Sache. Er schnupfte nicht und rauchte nicht, aber der »Schick« war ihm unentbehrlich, und das Röllchen, das ihm jederzeit im Mund lag, hatte seinen glattrasierten rosigen Wänglein rechterseits eine sanfte Erhebung gegeben, die auch verblieb, wenn er – was höchstens im Schlaf geschah – einmal ohne »Prim« war. Der Kautaback war ihm nicht nur ein wichtiges Anregungsmittel, sondern er half ihm über viele, ihm nutzlos erscheinende Stunden in den Arbeitspausen weg.

Er hatte es nämlich im Ausspucken des braunen, beizenden Saftes zu einer fast unheimlichen Virtuosität gebracht, wo immer man eine Stelle bezeichnete, wohin man immer wollte, dahin »sporzte« er mit unfehlbarer Sicherheit, um keine Linie weiter rechts, um keine links, um keine zu nah, um keine zu weit. Oft stand ein ganzer Kreis Zuschauer um den Künstler, schrie und gestikulierte, trieb ihn an, erhitzte sich, wettete, stritt – Nickla blieb unerschütterlich.

Die kleinen, krummen Beine gespreizt, die Hände in die Hüften gestemmt, den sanften Kopf etwas geneigt, so übte Nickla seine Kunst mit der Nachlässigkeit aus, wie es große Künstler thun, die es nur »der Sache« halber thun.

Zwar, er hatte Nachahmer gefunden, Rivalen, besonders unter den Jüngern. Doch sie unterlagen alle, alle, denn Nickla war der geborene Künstler.

»'s is ä Kunscht unn koscht nix« damit köderte er die Jungen, denn er liebte Gegner, schon der Wetten halber, die nicht in's Blaue hinein, sondern mit realem Untergrund gemacht wurden, und die der Sache eine eigene Weihe und einen ganz intimen Reiz verliehen.

Die zweite seiner Leidenschaften war so geartet, daß sie zu Zeiten schlief oder schlummerte, und sich nur einzustellen pflegte, wenn die Natur sich dem Herbst zuneigte, und der Segen des Obstes an den Bäumen und des Gemüses in Feld und Garten das Herz des Naturfreundes erheben. Und Nickla war ein Naturfreund.

Eine eigene Unruhe ergriff ihn dann, besonders zur Zeit der Dämmerung, und trieb ihn hinaus, und er ward ruhig draußen und erbaute sich. Reich an Ausbeute für sein Gemüt, kehrte er allabendlich, – wenn es nicht nächtlich wurde – heim. Auch zur Mittagszeit, wenn die Arbeit ruhte, war der Weg an den Gärten des Direktors hin eine Quelle seinen Genusses und stiller Versenkung für ihn.

Er hatte nicht gern Kameraden bei Befriedigung dieser Leidenschaft, die ja auch viel zarterer, subtilerer Natur war wie die erste und kaum von einem andern in all ihren Feinheiten gewürdigt worden wäre.

»Der Mensch braucht als Sammlung«, oder »ich muß mit moim Gott alleen drauß redde«, damit hielt er sich manchen Zudringlichen und Verständnislosen vom Hals. Zudem tranken oder schliefen die andern lieber in den Mittagsstunden. Dann lag auch das Haus des Direktors mit geschlossenen Läden und Nikla war mit seinem Gott »allein«.

Mit Innigkeit ruhten seine Augen auf den sammtnen Pfirsichen, den gelben Birnen und roten Äpfeln, die über die Einfriedigung hingen.

Sein Herz erquickte sich an den dunklen Häuptern des Blaukrauts und den zarten Rosen des Blumenkohls, fein wie Korallen, die der kundige Gärtner aus dem Feld gezogen. Manchmal überwältigte ihn die Freude des Kenners so, daß er nicht widerstehen konnte, und das eine oder andere Prachtexemplar auch auf der untern Seite zu betrachten förmlich gezwungen war, wenn es nicht anders ging sogar mit Hilfe eines Messers.

Einmal kam es vor, daß ihn der Direktor in seiner Andacht und einsamen Bewunderung störte.

Er hatte gerade einen rotbackigen Apfel in der Hand, der schon aller Bewunderung wert war. Es hingen deren mehrere über die Planken des Gartens, und die Augen des Direktors wanderten von dem Apfel in Niklas Hand zu dem Baum im eigenen Garten.

Nikla aber blickte treuherzig zu ihm auf, so treuherzig, als es seine schwarzen Zwinkeraugen gestatteten, und die Heiterkeit seiner Seele leuchtete aus seinem tadellos gewaschenen und rasierten Angesicht.

»Isch bin so oin großer Naturfreund, Herr Derekter, und es macht mir so ein Pläsir, wie Ehr Garde gedeiht, daß ich'n als angucke geh!«

»So?« – Hm! Aber, wie kommt denn der Apfel in Ihre Hand?«

»Wie? Meiner Seel! des weeß ich selber nit. Ich hab'n als angeguckt, und uff ämol hab ich'n in der Hand.«

Der Direktor mußte lachen:

»Na, behalten Sie also den merkwürdigen Apfel.«

»Do bewahr mich Gott devor, des is Ehr Appel. Ich bin doch koin Dieb, isch bin ä Naturfreind.«

Und mit einer Miene, die nicht frei war von einem leisen und sanften Vorwurf, reichte er die Frucht ihrem Eigentümer.

Die folgenden Tage zeigte er keine rechte Lust, in der Umgebung des Fabrikgartens seiner Naturleidenschaft zu fröhnen, auch behaupteten die Kameraden, daß an diesen Tagen Nicklas Rock ohne den lieblichen Schwung gewesen sei, durch den er sich stets auszeichnete, wenn er von der Fabrik zu Herbsteszeiten heimwärts ging.

Die dritte seiner Leidenschaften hielt er am geheimsten, und die Mitarbeiter hatten nicht oft Gelegenheit sie zu beobachten. Die Rohen und Unverständigen hießen sie Geiz, obwohl Nickla durchaus so redete, als achte er Geld gering und als sei es eines Christen unwürdig, allzugroßen Wert auf den Mammon zu legen. Allerdings bei den Wetten kam hie und da etwas zum Vorschein, was die Unverständigen nicht gerade Lügen strafte. Hatte er einmal verloren, was allerdings sehr selten geschah, so fand er stets in aller Milde und Bestimmtheit einen Ausweg, das Zahlen umgehen zu können; und bei Unglücksfällen, oder ähnlichen Gelegenheiten, bei denen die Andern gern ein Weniges gaben, riß er gewöhnlich mit hastiger Bereitwilligkeit seinen Geldbeutel aus der Tasche, um ihn dann schamrot und stotternd als leer vorzuweisen.

»Die Fraa, die Fraa!« hatte er dann früher wohl bedeutungsvoll geseufzt, ohne in zarter Rücksicht mehr zu verraten. Als die Frau tot war, veränderte sich wohl der Ausruf in einen kläglichen, resignierten: »Des Mädche werd die zwett Alt'.«

Aber die blonde, rosige, frische Tochter, die gar nicht aussah, als ließe sie sich und andern etwas abgehn, dementierte ihn nicht nur, sondern klagte ihn laut des schmählichsten Geizes an und verriet sogar in ihrem Zorn, daß er schon Jahre lang einen schweren Beutel auf der Brust trage, den er ängstlich hüte und dem er nie Geld entnehme.

Wirklich hatten die Andern oft gesehen, daß er etwas an einer Schnur um den Hals trug, und ihn damit geneckt.

»Des is mei' Amulet« wies er ihre Neckereien zurück, berührte und küßte auch wohl andächtig das auf seiner Brust hängende heilige Säckchen.

Seit die Tochter das Geheimnis des Amulets verraten, ward die Schnur, oder noch mehr der Gegenstand, der an der Schnur hing, das Ziel der eifrigsten Aufmerksamkeit seiner Kameraden.

Eines Mittags im Sommer, als Nickla in tiefem Schlummer auf der Bank des gemeinsamen Zimmers lag, ward ihm sogar Schnur und Säckchen gestohlen. Der Bestohlene erhob als

Lebenskünstler, Christ und Weiser kein Zetergeschrei, wie sie wohl alle erwartet hatten, sondern sagte nur leise tadelnd: »Dene is aach nix heilig« und dann noch »es is ihm gegunnt.«

Nachforschungen, um den Thäter zu entdecken, stellte er nicht an, schwieg sich auch über die ganze Sache gründlich aus. Einmal aber, als ihn der Schnapsteufel wieder gepackt hatte, gab er die Historie des Amulets zum Besten. Er hatte natürlich Lunte gerochen, der vermehrten Aufmerksamkeit halber, der sich Schnur und Beutel in der letzten Zeit zu erfreuen hatten, und war, in Anbetracht dessen, daß man keinen Menschen in Versuchung führen solle, aus den Gedanken gekommen, das Anhängsel mit Sand zu füllen; und darauf war nun richtig einer hereingefallen. Das fand er so über alle Maßen gut, daß er sich einer lauten und leider fast ungeziemlichen Fröhlichkeit überließ, schrie und lachte und Lieder sang, die ganz und gar nichts mit Kirchenliedern gemein hatten. Dann kam eine etwas wehmütigere Note. Er kramte alte Erlebnisse aus, und ließ zuletzt nicht ohne Schalkheit durchblicken, daß er auch jetzt noch als Wittwer auf »so was« hoffe, – auf diese Stufe brachte den Unerschütterlichen der Alkohol. Plötzlich wurde er aber wieder ganz nüchtern und sprach »soin« Hochdeutsch, was immer eine Flucht der bösen Mächte anzeigte.

Er erhob sich und sah sich im Kreise um: »Deßwegen bloib isch doch der Nägele.«

Was er unter diesen tiefsinnigen Worten verstand, war unschwer zu erraten, wenn man ihn würdig, streng und doch nicht ohne christliche Milde, gepaart mit einer gewissen Unsicherheit zur Thüre hinausgehn sah.

Ein paar Junge fingen laut zu lachen an, da drehte er sich um: »Ja, der Nikolaus Nägele. Isch hab' alle laute Buchstabe vum Alphabet in moinem Namen a, e, i, o, u, – des soll noch Oiner nachmachen! Und wann isch was gethan hab' und will's nischt soin, so hat's der N. N. gethan, verstehen, der N. N.! Nikolaus Nägele, zwoi N.!« und damit verschwand er nicht ohne Größe und Überlegenheit. –

Die Fabrik lag weit außerhalb der Stadt, und die Beschaffung der täglichen Lebensbedürfnisse war etwas kompliziert. Allabendlich mußte einer der Arbeiter im Haus des Direktors antreten, sich einen großen Korb ausliefern lassen und einen großen Zettel dazu, auf dem in großen Buchstaben der Bedarf des nächsten Tages aufgeschrieben stand. Die Frau Direktor nannte in richtiger Würdigung der Sachlage den Zettel »das Problem«, und es kostete gar manchen Tropfen Schweißes, bis alles wirklich in Verständnis, vom Verständnis in That umgesetzt, und wirklich abgeliefert war.

Es gab immer Meinungsverschiedenheiten zwischen dem, was die gnädige Frau gewollt, das »Fräulein« Köchin interpretiert und das ausführende Organ kapiert hatte. Die Zettel mit den an und für sich untrüglichen Zeichen erwiesen sich sehr oft als trügerisch, und die Einigkeit zwischen der Gnädigen, der interpretierenden Fee und dem herbeischleppenden Kuli war manchmal empfindlich gestört. Eine gewisse Wirkung war dann auch in der Behandlung zu spüren, die der Direktor dem nicht tadellosen Knecht angedeihen ließ.

Nickla hatte sich bis jetzt dem Kuli-Ehrenposten in Demut zu entziehen gewußt, er wollte nicht »ausgezeichnet« werden. Hie und da murmelte er auch wohl etwas wie: daß es eigentlich eines Mannes nicht würdig sei, einen Korb zu »schleife«, aber nur dann, wenn es ihn giftete, daß die Gunst an einen allzu Unwürdigen gekommen war.

So hell war Nickla wohl einzusehn, daß ein ordentliches Funktionieren als Zuträger durchaus nicht von Nachteil für den Erkorenen sein konnte, und er hatte oft – sogar mit sanftem Ingrimm – bemerkt, daß nicht nur der Korb, sondern auch die Tasche des Trägers nicht leer war.

Aber, aber! Nikolaus Nägele hielt vor allem auf seine Würde, und nicht einmal die Sehnsucht brachte ihn dazu einzugestehn, daß er dem »Problem« nicht gewachsen war.

In der Achtung seiner Mitarbeiter, die in ihm den hohen Geist erkannten, durfte er nicht fallen.

So gut Nickla sonst alles zu drehen und zu wenden wußte, das sah er ein, mit den Buchstaben ging's nicht ebenso. Die Wissenschaft des Lesens und Schreibens war ihm verschlossen geblieben, und das durften seine Kollegen, und durfte noch weniger der Direktor, oder gar eines der Dienstmädchen wissen. Dreißig Jahre war er allem klug und kühn aus dem Weg gegangen, und nun ereilte ihn das Unheil doch noch. Er wurde in die Küche befohlen, er sah sich dem gefürchteten Korb und dem noch mehr gefürchteten Problem und der am meisten gefürchteten lachbereiten Küchenfee gegenüber.

Aber auch hier fiel ihm das Butterbrod »nit uff die letz' Seit«. Er hatte kaum die neuengagierte Donna, die ihm Korb und Problem übergeben sollte, inspiziert, als eine sanfte Fröhlichkeit in ihm zu erstehn begann. Mit dem »Mädche« war etwas zu machen, er hätte nicht der gewiegte Weiberkenner von anno dazumal sein müssen, der sich auch jetzt die Augen noch nicht verband und seine Erfahrungen nicht in die Winde streute. Augenscheinlich aus sehr ländlichen Gegenden direkt importiert, nach Wuchs, Anzug und Gebahren zu schließen, stand sie der ganzen Situation selbst hülflos gegenüber und sah ihn mit all der unbeholfenen Treuherzigkeit an, deren sich Landmädchen in größeren Städten im Anfang ihrer Laufbahn mit Erfolg bedienen. Die Verschmitztheit saß allerdings ganz verborgen in der Ecke ihrer anjetzt ratlosen Augen, und der breite Mund, der sich zu einem blöden Lachen verzog, sah aus, wie wenn er derben Spott nicht ungewohnt wäre.

Nickla's Besuch in der Küche dauerte etliche Zeit, so lang, bis sie das Problem ein paarmal verlesen – er hatte natürlich seine Brille vergessen! – und er sie zum ersten heimlichen Kichern gebracht hatte. Stolz verließ er die Hallen, die er so kleinmütig betreten, auch hier würde er mit Gottes Hilfe als »Siescher« hervorgehn. Die dralle Donna mit den vielversprechenden Hüften hatte sich in sein Gemüt geschmeichelt, und so schön die Sache begonnen, so schön setzte sie sich fort. Nikolaus ließ sich den Korb nicht mehr entreißen, wie ein Löwe wachte er darüber, ihm war er geworden und ihm blieb er.

Die Verlesung des »Problems« war immer der Anfang und das Kichern das Ende der abendlichen Visite, nur daß die Vorlesung sich mehr und mehr verkürzte und das Kichern sich mehr und mehr verlängerte.

Nickla wurde jünger unter den neuen Pflichten, obwohl er nicht an Würde verlor. Nur seiner Lebensweisheit und Christlichkeit legte er einige Zügel an, und seine Jugendlichkeit – sie war sonst nur wie ein seltenes Glanzlicht auf seinen übrigen gediegenen Farben erschienen – leuchtete nunmehr stärker und stärker. Schon behaupteten Etliche, ihn in der Nähe der Fabrik lustwandelnd getroffen zu haben, nicht im Bannkreis der Gärten und Felder, sondern in dem des stillen Lichtes, das aus der Küche strahlte. Und eines Sonntags, als die letzten Astern blühten und die Fiedeln auf den Dörfern zur fröhlichen Kirchweih jubilierten, erwartete Nickla an einem

Kreuzweg mit seiner jugendlichsten Miene ein Mädchen, das ihm mit blankgescheuerten Backen und durchaus nicht karg eingefetteten Haaren entgegenkam. Er trug einen Anzug freudiger Farbe und eine sehnend blaue Cravatte, sie ein Kleid, von dem man bestimmt behaupten konnte, daß es grün war, und das über Brust und Hüften zum Platzen spannte.

Sie war blaurot vor Eile, Erwartung und vom Spätherbstwind, er dagegen rosig wie immer und sah aus wie ein Jüngling, wissend zwar und darum etwas gemäßigt in der Freude. Auf dem Tanzboden allerdings veränderte sich das Bild insofern, daß zwar sie nicht blauroter wurde, sondern ihrer Farbe getreu blieb, trotz allen Freudenschweißes, der darüber rann (was man von ihrem grünen Kleid nicht sagen konnte), er aber vor Anstrengung bald gelb und bald puterrot wurde. Schon lange hatte er sich nicht mehr in diese strapaziösen Selbstverständlichkeiten der Jugend gestürzt, und nun ging's ihm schlecht. Die schön gepappten Locken revoltierten, die sehnsüchtige Cravatte verschob sich, das Hemd verlor die Steife, Nickla war bald in Verzweiflung und Schweiß aufgelöst.

Und sie stampfte unermüdlich weiter, freilich blies und schnaubte sie dabei, aber es ging immerzu, immerzu, und er hätte um keinen Preis der Welt den Nimbus seiner Jugendlichkeit darangegeben.

Endlich schwiegen Baß und Violine, in einem dicken Qualm von Rauch und Staub taumelte Nickla, einem Schlag nah, zurück, und fiel, mit den übermäßig angestrengten Beinchen vor Erregung zappelnd, auf eine Bank.

Ihre blauroten Backen, der dunstige Saal, die auf- und abwandelnden Paare, die dürren Baumäste vor den staubblinden Scheiben, alles kreiste rundum. Er mußte sich mit beiden Händen festhalten und natürlich hielt er sich an ihr. Diesen Zärtlichkeitsbeweis vergalt sie ihm mit einem Klapps zwischen die Schulterblätter, daß ihm der Atem ausging, und mit Kredenzen eines großen Glases Wein, das sie statt seiner bestellt.

Und er trank, trank, trank, und sie trank, trank, trank. Wie Feuer schoß es ihm durch die Adern, die Pulse hämmerten, und die Beine rührten sich von selbst im Takt, als die Musik wieder begann.

Holla! Platz da für die Seine!

Er war doch der reichste Kerl und hatte den schönsten Schatz, Platz da! Und er riß sie in den ärgsten Trubel. Wein und Tanz und Wein und Tanz und »das Mädche«.

Nickla fühlte sich wie von einer mächtigen Schraube hoch, hoch, immer höher geschnellt. Es war herrlich dies Aufwärtssausen, dann schleuderte es ihn freilich zurück, und er hatte dabei das Gefühl, als werde sein Schädel mit aller Wucht angeschlagen. Dann kam wieder dies herrliche Aufwärtssausen, aber es wurde schneller, schneller, immer schneller, taumelnd erreichte er gerade noch einen Stuhl und nun saß er wie ein an die Wand geschleuderter Hund in einer Ecke und konnte kein Glied mehr rühren und sie – husch! war sie fort, eh er nur halbwegs zur Besinnung kam.

Nickla saß steif da und hatte nichts zu thun, als auf die Purzelbäume aufzupassen, die in seinem Kopf geschlagen wurden. Immer trat einer mit schweren, nägelbeschlagenen Schuhen gegen seine innere Stirnwand: wwum! – wwum! da stand der Kerl in seinem Kopf und zog ihn fast vornüber, mit solchem Getös sprang er auf die Füße.

Plötzlich riß Nikla seine kleinen Augen weit auf, sprang in die Höhe, stürzte vorwärts – dort –! dort!

Winkler, der Baron, der Gorilla!

Winkler lachend und schwätzend, Winkler gewaschen, wenigstens so weit das Gesicht aus Haar und Kragen schaute, Winkler wieder gesund, mit einem neuen hellen Anzug, Winkler mit unermüdlichen Tanzbeinen, und er tanzte mit ihr! Aus war's auf einmal mit den Purzelbäumen da drinnen, es pickte nur mehr wie eine Anzahl Vögel mit spitzen, harten Schnäbeln an sein Hirn – er raste unter die Tanzenden, er riß sie von ihm weg, und sie protestierte nur schwach: »Awer ich will doch danze!«

»Mit *dem* sollscht Du nit danze!« brüllte er.

»Nit? Ach! unn isch kenn 'n schunn so lang!«

»Wuher?« keuchte Nickla.

»Ei, er is doch bei mer deheem!«

Nickla packte, sinnlos vor Wut, die grüne Donna und zerrte sie hinter sich her; plötzlich drehte er sich um und schrie sie an:

»Muscht Du mit dem danze?«

»Ei i nee, danz norre Du mit m'r.«

Und der Blick aus ihren fettumrandeten Schlitzaugen troff so von Liebe, daß Nickla sein ganzes Glas auf ihr Wohl leerte, und nun gings wieder los, Tanzen, Wein und Küsse, Küsse, Schnaps und Tanz, bis er steif wie ein Stock auf den großen Leiterwagen fiel, der sie abends heimbringen sollte. Sie saß an seiner Seite, halb auf seinem Schoß hockend, flüsterte sie ihm zu, und er lallte entgegen, tappte unsicher nach ihren prallen Armen, nach ihrer Brust. Trunken vor Wein und Liebe fühlte er in verschwommener Seligkeit ihre Hände, die ihm über Rücken und Hals strichen, hörte ihre Stimme, kaum mehr im Stand Antwort zu geben.

»Bischt Du moin Schatz?« flüsterte sie.

»Isch bin's!« stotterte er.

»Hoscht mich aa gern?« sprach sie wieder.

»Kann Dich aa gern hawwe!« sagte er.

»Thuscht Du mich heirate?«

»Kann Dich aa heirate!« Nickla wieder.

»G'hört alles moin, was Du hoscht?«

»Alles!« lallte er und dabei fühlte er ihre Finger an seinem Hals kribbeln. Sein Kopf sank auf ihre Schulter, alles verschwamm, nur einmal war's ihm, als höre er dicht daneben die Stimme Winklers, halb von Lachen erstickt »Hoschts?«

Am nächsten Morgen war der häßliche, rauhe Spätherbst da. Der Sturm stieß den Nebel in Schwaden über den Rhein, es sah aus, als flüchte er sich. Die Blätter schossen förmlich durch die feuchte Luft und die Bäume ächzten und knarrten. Die Läden der Häuser wollten sich nicht aufthun und die Menschen nicht aus den Häusern kommen.

In der Küche des Direktors war auch Sturm und grauer Tag. Die dralle Fee stand mit verschlafenen Augen und bockbeiniger Miene vor der »Madame« und setzte ihrer endlosen Strafpredigt stummen Widerstand und schnippisches Lippenaufwerfen entgegen. Natürlich war sie zu spät aufgestanden, viel zu spät sogar, aber wozu der Lärm? Ging denn die »Madame« nicht auch »uff de Ball« und blieb dann liegen bis elf oder zwölf, warum sollte sie nicht einmal schlafen dürfen, wenn die's öfter so machte?

Freilich Korb und Problem fehlten, auch Nickla selbst. Lieber Gott! – sie hatte ihn nicht an ihre Bettstatt angebunden, damit sie ihn rechtzeitig wecken könne! Freilich war er mit ihr »uff der Kerwe« – »m'r werd doch aach noch sein Spaß hawwe derfe?!«

Und plötzlich kam ihr die Erinnerung an den Heimweg und sie bog sich ab und fing solch ein respecktloses, sich wie ein Bindfaden abwickelndes endloses Gelächter an, wobei sie sich setzen mußte und die Beine weit von sich streckte, und zuletzt vom Lachen in's Brüllen kam, daß der Gnädigen nichts übrig blieb, als mit zornrotem Gesicht zu entweichen und den äußersten Nachdruck in das Schließen der Thüre zu legen.

Nickla erschien nicht nur an dem, sondern auch am folgenden Tag nicht in der Fabrik. Ein Kamerad, der ihn besorgt aufsuchen wollte – er wohnte allein, weil seine Tochter mittlerweile geheiratet hatte, was ihm als angehendem Freiersmann sehr erwünscht war – sah nur seine Nasenspitze an der Thüre, die Nickla gleich wieder zuschlug (die Thüre nämlich!), und behauptete trotzdem, er hätte wie »Ledder« ausgesehen.

Am dritten Tag erschien er, ein andrer Nickla. Jugend und Schönheit verweht, die Locken in Büscheln wild vom Kopf abstehend, voller Stoppeln, ohne weise Reden, ja ganz ohne Stimme, scheu –

»Des mol is' m's Butterbrod uff die letz Seit' g'falle«, tuschelten sie.

Er saß steif an einer Stelle und hielt den »Schick« unbeweglich im Backen, von Spaziergängen, oder einem heimlichen Drang nach der direktorlichen Küche hin keine Rede.

Wenn einer es wagte ihn zu fragen, oder gar den Namen der von ihm sichtlich Erkorenen zu nennen, schlug er ein Kreuz und kehrte sich stumm gegen die Wand. Einer wollte sogar gesehen haben, daß er mit einer Schmerzgrimmasse Schnur und Amulet aus dem bedrängten Busen gerissen, und daß das verehrte Säckchen sich dünn und schlank, nur als Haut präsentierte. – Das gab schwer zu denken und viel zu reden, aber Nickla blieb unnahbar in seinem Schmerz. Mit der Miene eines kranken, müden Herrschers winkte er ab, und sie fügten sich.

Lange hielten sie's freilich nicht aus; nach kurzer Zeit fingen die Sticheleien wieder an und wurden immer ärger, je weniger sich der Alte helfen konnte. »Er hot Sehnsucht« hänselte einer, und eh sich's Nickla versah, führte der am Arm die von dem Alten am Kerwesonntag Erkorene, die sich vor Lachen den Schurz in's Maul stopfen mußte, unter unbändigem Gelächter aller Arbeiter vor den Brütenden, der leichenblaß dasaß und nicht aufzuschauen wagte. Am Abend schlich er aus der Fabrik blaß, elend, ein alter Mann, und er kam nicht wieder.

»Es hot'n« sagten sie, aber sie freuten sich nicht recht an ihrem Spaß und an seiner ersten Niederlage.

Eines Morgens brachte der Jüngste heim, Nickla'n habe in der Nacht der Schlag getroffen und er sei bewußtlos zu seiner Tochter geschafft worden. Am Abend zogen sie in hellen Haufen hin und schauten ihn an. Zu abscheulich sah er aus, sie schlichen gleich wieder weg. Die ganze linke Gesichtsseite nach oben gerückt, verbogen, verschoben, zusammengepreßt, die Farbe wie Lehm, die Augen herausgetrieben, lag er da wie ein Toter, nur von Zeit zu Zeit stöhnend.

»'s is aus mit'm« meinten sie, und das meinten sie so lang, bis das Frühjahr kam. Da rappelte er sich auf einmal auf, das Gehen ging ja nicht recht, aber wenn man ihn führte, konnte er in den Garten humpeln. Dort saß er in der Sonne, und das Essen schmeckte ihm herrlich, und das Reden ging auch wieder, obgleich das Maul hoch oben links im Gesicht sitzen geblieben war. Und, o Ironie des Schicksals! Er, der stets mit dem Leben fertig geworden, sah jetzt mit dem ewig grinsenden, krummen Gesicht aus, als moquiere er sich über den ganzen Krempel, als säße er da, ein lachender Philosoph, beschaulich und ausgesöhnt, während die andern sich vergeblich abzappelten und vom Leben abgebeutelt wurden, das mit ihnen etwa umging, wie es große Hunde mit kleinen zu thun pflegen, die sie sicher an der Halsschwarte haben.

Bis zuletzt ward Nickla in die Lage versetzt, sich als Lebenskünstler beweisen zu können und einen guten Trumpf auszuspielen gegen eben dieses Leben, das auch ihn schon einmal fast totgebeutelt hatte.

Im Hochsommer, als in dem kleinen Garten vor dem Haus seiner Tochter die Rosen wie unsinnig blühten, und Nickla in der warmen Sonne in Wohlbehagen schwamm, zog in das verwahrloste Haus gegenüber ein junges Paar. Ein Paar, das Nickla immer vor Augen hatte, in dessen Fenster er schauen konnte, wenn er im Garten, wenn er in der Stube saß, sogar wenn er in seinem Bett lag. Und dieses Paar bestand aus seinem alten, verkrusteten Gorillatodfeind, der nur einmal in seinem Leben gründlich gewaschen worden war, und aus der Kundry, die ihn in seinen alten Tagen am »Kerwesunndag« so süß umgarnt, und die seine Liebe so schnöd gelohnt hatte!

Die ersten Tage saß Nickla mit dem Rücken gegen die neuen Nachbarn, und sein krummes Gesicht sah aus, wie wenn er in zehn Holzäpfel zugleich gebissen hätte. Aber je öfter die Sonne über dem Dach seiner Todfeinde aufging, um so mehr rutschte Nickla herum, bis er endlich dem verwahrlosten Haus gerade gegenüber saß. Und der Herr meinte es gut mit ihm und bescheerte ihm Freude in seinem Alter.

Drüben ging's nämlich überaus belustigend und für ihn befriedigend zu. Schon daß die Kundry, die sonst vor Sauberkeit geleuchtet, ein dicker, schmutziger, fettiger Klumpen geworden war, ganz im Stil ihres Gorillaherrn, hatte eine erste Drehung nach rechts veranlaßt. Aber als die leisen Duette drüben mählich in laute und lautere ausarteten, als sich unter Brüllen und Schreien und Winseln Szenen wie in einem Menageriekäfig abspielten, rutschte er nicht nur ganz herum, sondern er jubilierte laut: »Gott hat mich aus der große Gefahr, in die ich bald gesterzt wär', glücklich errett,« (die Gorilla- alias Baronsehefrau wurde nämlich nicht nur geschlagen, sondern schlug getreulich und sogar sehr nachdrücklich selbst) »isch bin wiedder ä mol als Siescher hervorgegange, wenn isch's aach dheier bezahlt hab, isch bin oin nobler Mann nun redd nit drüwer, es sei'r gegunnt.«

Er erholte sich sichtlich in seiner Befriedigung; seine Rosenwänglein blühten wieder, seine Äuglein leuchteten, er hielt den »Schick« kunstgerecht im Backen und bald fing er an wie früher seine schöne Kunst auszuüben, ja es schien, als sei seine Virtuosität mit dem nach oben verpflanzten Maul gewachsen. Abendlich und sonntäglich versammelte sich ein Kreis um ihn, – das alte Leben, die alten Wetten und das Amulet, das seit dem schnöden Verrat welk und dürr und leer auf seiner Brust gehangen, schwoll und schwoll.

Wenn dann aus dem Nachbarhause Wutschreie, Gebrüll und Gekreisch schallten, wenn es »patschte« und die Thüren dröhnten, kannte seine Behaglichkeit und Lebensfreudigkeit keine Grenzen. Und als einmal die Gorillafrau, verfolgt von ihrem Gorillamann, Schutz an der nachbarlichen Thüre gesucht, dieselbe jedoch verschlossen gefunden, und auf öffentlicher Straße ihre übliche Tracht Prügel bekommen hatte, faltete er fromm die Hände: »Lieber Herrgott isch danke Dir, daß Du mir so oinen scheenen Lebensabend bescheert hascht.«

Duo, Trio und Duo

Draußen vor der Stadt, hinter dem Wall mit seinen hohen Linden- und Akazienbäumen, stand das kleine Haus, das ihr der Selige hinterlassen. Er war nicht allzulange zwischen den buchsumfaßten Beeten gewandelt, angethan mit seinem geblümten Schlafrock und dem Fez auf dem haarlosen Kopf; der Tod hatte ihm nicht vergönnt, sich seines neuen kleinen Besitztums zu erfreuen. An einem kühlen Frühlingsmorgen, als die Niederung voll Nebel war, und die Obstbäume nur mit den Kronen aus den Dunstlaken sahen, die durch den Garten gespannt waren, hatte er sich's geholt. Kaum drei Tage lag er krank, dann ging's zu Ende. Frau Christiane, die »Chrischtine«, wie sie die alten Rebberger immer noch nannten, betrauerte ihn, wie's schicklich war; sehr tief ging der Schmerz nicht, denn er hatte sich in den letzten Jahren ihrer Ehe besonders zänkisch und nörgelnd gezeigt, und die ursprüngliche Rohheit seines Charakters nicht mehr verbergen können. Der Selige hatte sich nämlich vom Metzger zum Kellner, vom Kellner zum Oberkellner und dann zum Hotelier emporgeschwungen und lebte erst in seinen alten Tagen, als er die »Chrischtine« geheiratet, von seinen Renten, bewundert und beneidet von seinen Rebberger Mitbürgern.

Frau Christiane war nicht gern an den Lebensgang des Gatten erinnert; bei ihrer Verlobung war er Rentier, trat mit großem Selbstbewußtsein auf und zeigte gute, wenn auch etwas knappe Manieren, er hatte sich seinen Schliff in England geholt und ließ das auch im Umgang deutlich merken. Sie dagegen war durch lange Jahre in Frankreich gewesen und kannte nichts Höheres als Paris, und sprach fast von nichts als von Paris, wenn sie einmal wieder in die Heimat kam. Bei einem ihrer seltenen Besuche in Rebberg hatte sie den alten Ehrhardt getroffen, und er, geblendet von ihrem Witz, ihrer reizenden Art, sich über ihre alten gemeinsamen Bekannten zu moquieren, von ihrer Bildung, ihrer Eleganz und ihren guten, etwas gezierten Umgangsformen, hatte alles darangesetzt, sie zu seiner Frau zu bekommen. Die »Chrischtine« hatte zu Rebbergs hellem Erstaunen zuerst durchaus nicht dran gewollt. Sie fühlte dumpf, daß dem Mann mit der rötlichen, etwas apoplektischen Gesichtsfarbe und den tadellos geschnittenen englischen Kleidern, die aber immer ein wenig verfleckt waren, das fehlte, was ihrer Seele den *Schwung* gab; aber daß sie eine Heimat bekam, daß sie in ihrer Vaterstadt als reiche Frau sitzen konnte, die sie als armes Mädchen verlassen, daß das Herumbücken und Komplimentieren bei den Fremden ein Ende hatte, daß sie nicht mehr »das Fräulein«, nicht mehr »Mamsell«, nicht mehr Dienstbote zu sein brauchte, sondern selbst Herrschaft wurde, das verlockte sie. Auch daß sie sich nicht allein als die reichste, sondern auch als die gebildetste Frau in Rebberg fühlen konnte! Denn wenn Bildung und Eleganz mit Reichtum gepaart waren, bemerkten es auch die Rebberger. Sonst, im allgemeinen, galt ihnen Bildung nichts, eher lächelten sie darüber, aber mit der Basis, die der alte Ehrhardt schaffen konnte, sah sich die Sache schon anders an.

Unglücklich wurde die Ehe gerade nicht. Frau Christiane schickte sich in die gelegentlichen Derbheiten des Gatten, wie sie sich in die Launen der Herrschaften geschickt hatte, unterdrückte viel von dem, was ihr am Herzen und auf der Seele lag und hatte eine wirkliche Freude an ihrer großen und schön eingerichteten Wohnung. Er war stolz auf seine feine und elegante Frau und dehnte sich behaglich in dem Bewußtsein, ihr einen Luxus zu bieten, den sich das arme Mädchen wohl nie geträumt. Was wollte sie denn mehr? Daß sie für sich ein Leben haben wolle und für sich Wünsche hegen könnte, fiel ihm gar nicht ein. Aber in der kleinen, zierlichen Frau Christiane regte sich ein unbändiger Eigenwille, den die Jahre unter den Fremden geknechtet hatten, und der sich nun von Zeit zu Zeit zu des Alten Erstaunen ganz plötzlich und zwar sehr bemerkbar machte. Er nannte es zuerst Schrullen und lachte, und meinte, so lange es ihn nicht betreffe, könne sich's seine Frau leisten, aber bei einer sehr wichtigen Angelegenheit betraf's auch ihn, und *die* Schrulle wollte ihm nicht in den Kopf. Das war, nachdem er das reizende, kleine Haus vor der Stadt gekauft, und man nun daran gehen sollte, den Garten umzuwandeln, denn diesen Rebberger Haus- und Gemüsegarten wollten sie nicht, alle Beide nicht. Daß es etwas ganz Feines, Elegantes, oder wie Frau Christiane in ihrem Pfälzer Dialekt, den sie nie abgelegt, sagte »etwas Foines, Elegontes« werden müsse, darüber waren sie ganz einig.

Aber er wollte den Garten englisch, natürlich, darüber war nicht zu reden, grüne Bosquets, Rasen, viel Schatten, aber sie redete doch darüber und zwar ganz nachdrücklich, so nachdrücklich, wie er sie nie gehört. Sie wollte den Garten französisch, natürlich, darüber war auch nicht zu reden, denn nur ein französischer Garten passe zu dem Stil des weißen Häuschens. Das müsse man eben verstehen. Und wie er sich auch erstaunte, wie er wetterte und fluchte, sie blieb unerschütterlich. »Ich will mei Quatorze-Gärtche hawwe.« Und sie stampfte dabei mit dem Fuße, sie die Stille, Sanfte, Bescheidene! Sie schalt seinen Geschmack plebejisch, sie verlachte ihn, zuletzt schmiß er wütend seinen Fez in die Ecke und unterlag ihrem französischem Geschmack und ihrer französischen Bildung.

Und das »Quatorze-Gärtche« kam.

Kam mit lang gestreckten Beeten an beschnittenen Hecken hin, mit Rasenplätzchen neben einem kleinen eckigen Teiche, mit Rabatten, gesäumt von steifem, blechernem Buchs; die alten Bäume fielen, und durch eine schnurgerade Buchenallee sah man auf die Wellenlinien der Pfälzer Berge. Klein, zierlich, niedlich alles.

»Puppenwirtschaft!« fluchte er, wenn er, schwer und ungeschlacht, auf den weißen Kieswegen hin- und hertrabte, auf die die Sonne brannte. Wie würde er erst geflucht haben, hätte er den Sommer erlebt! Welche Glut auf den schattenlosen Wegen, welche Qual, in dem reizenden Garten zu wandeln!

Frau Christianens zweite Schrulle war die Aufstellung eines weißen Götterbildes an dem kleinen Teich, der in dem geschorenen Rasen ruhte. Im Prinzip war er ja einverstanden, besonders nachdem sie ihm kurz erklärte: »Ich will mei' Statue hawwe.« *Den* Ton kannte er nun und fügte sich diesmal gleich, schon weil es nobel aussehen und die Rebberger ärgern mußte.

Aber als die Kiste aus der Residenz anlangte, die Emballage fiel, und er sah, was seine Frau gekauft, erlitt er fast einen Ohnmachtsanfall. *Das* für ihren Garten, *das* für Rebbergs keusche Augen und schnelle Zungen! Seine ganze englische Bildung empörte sich – der weiße Gott hatte nämlich nichts, *gar nichts an!* Und er sah ganz unbefangen dabei aus, der schöne Götterjüngling, ganz wie wenn er es in der Ordnung fände, vollständig splitternackt vor den Augen der Menschen zu stehen! Er machte nicht einmal den Versuch, seine unanständige Nacktheit durch eine halbwegs verblümte Stellung oder Bewegung zu verbergen. Es war einfach skandalös! *Das* hatte seine Frau gewählt das gefiel ihr, darin fand sie nichts! Und der ehemalige Hotelier, der mit unerschütterlicher Ruhe, mit tadellosem Gleichmut und vollendetem Takt das Unanständigste in seinem eigenen Hotel übersehen und sogar toleriert hatte, wurde kirschrot im Gesicht und brüllte wie ein Stallknecht. Damals fiel von ihren Lippen – ihren gebildeten

Lippen! – ein Wort, das er ihr bis zu seinem Tode nicht verzieh: »Unkultivierter Beefsteakfresser!« Das war also ihre wahre Meinung über ihn!

Er ermangelte nicht, ihr zu erwidern, gleichsam ihr Idol von Land mittreffend, wie sie das seine getroffen: »Ausgeschämte Grisette!« Sie warf aber nur die Lippen auf und zuckte die Achseln. Ja, wenn es eine weibliche Figur gewesen wäre! aber, daß sie an dieser offenbaren, unbekleideten Männlichkeit nicht nur keinen Anstoß nahm, sondern sich daran erfreute, und daß sie ihn höhnisch verspottete, seiner Entrüstung halber, und dazu die Ideale spielen wollte! Schöne Idealität!

Nein, *darin* verstand er keinen Spaß, und nach heftigem Hadern wanderte der arme Apoll wieder in die Residenz zurück, und sie mußte sich nach langem Hin- und Herwählen, da er durchaus nichts nacktes Männliches erlaubte, für eine Venus entscheiden. – Frau Venus war zwar auch ganz ohne Kleider, aber sie wußte wenigstens, wozu sie die Hände hatte und befleißigte sich mit deren Hilfe sogar einer einigermaßen schamhaften Stellung.

Ja sogar einer *ziemlich* schamhaften Stellung; und das war gewiß dutzendmal anständiger, wenn es nun einmal des Stiles halber »was Nackiges«, sein mußte, wie Christiane zu sagen pflegte. Das Weibliche war auch seinen Augen eigentlich viel angenehmer und empörte ihn im Grunde gar nicht, doch darüber sagte er kein Wort.

Seine Frau liebte die Venus nicht sehr und ließ hohes Schilf ringsum pflanzen, das sie fast bis zur Hälfte bedeckte, was er ziemlich unnötig fand.

Frau Christianens dritte Schrulle war in seinen Augen die bedenklichste von allen und hatte ihm oft Anlaß gegeben, die brutalsten und rohesten Eigenschaften seines Charakters zu zeigen und gerade ihre feinsten und delikatesten zu verletzen. Ohne Arg hatte er die Besuche eines Kollegen, eines ehemaligen Hoteliers, angenommen. Er empörte sich zwar immer gegen den geschniegelten, gebügelten, alten Gecken, der ihm gegenüber gern den Franzosen heraushängte, weil er die meiste Zeit in Paris gewesen war, aber sie hatten gemeinsame Erinnerungen aus ferner gemeinsamer Jugendzeit, auch wußte Lampert Haas ein gutes Menu und einen guten Tropfen zu würdigen, unbeschadet aller Ästethik und aller idealen Anwandlungen. Diese Schlange!

Kaum war er ein paarmal in seinem Hause gewesen, begann er ritterlich scheu sich seiner Frau zu nähern und wurde Partei gegen ihn, Partei gegen England, Partei für Frankreich. Bei jedem Disput stand er mit zartester Rücksicht auf ihrerSeite; so war's schon in der Anlage des Gartens, so war's in der denkwürdigen Statuen-Affaire – (selbst hier entblödete sie sich nicht, sein Urteil zu begehren!) und so blieb's. Machte er ihr Vorwürfe, so wagte sie ihm ernst und bestimmt zu sagen: »Ich will mein Courmächer hawwe!« Gerade wie das Quatorze-Gärtche und den Apoll. Aber Lampert Haas ließ sich nicht verschicken und in etwas Weibliches umtauschen wie der unglückselige Griechengott; er saß fest.

Mit ihm, mit Lampert Haas, sprach sie natürlich nur im gewähltesten Französisch, da sollte er nun stillsitzen dabei, er, der keine Ahnung von dieser gottverdammten Sprache hatte!

Da hockten sie beieinander und schwärmten. Sie nannten es Erinnerungen austauschen, und man hörte nichts wie »achs« und »ohs« und Seufzer und »Paris, Paris«. Und wie sie's aussprachen! Ganz verzückt, mit verklärten Augen, das Wort bekam förmlich eine Gloriole, es ruhte auf Goldgrund, leuchtend und schimmernd. Sie redeten mit gespitzten Lippen, wie von etwas ganz Großem, Überwältigendem, das man nur mit Schauer nennen konnte und nicht profanieren durfte. Da sollte doch der Teufel dreinfahren! London war doch auch nicht von Pappe! Wagte er es einmal von London zu sprechen, so hatten sie ein erhabenes geduldiges Lächeln, so ein nachsichtiges, überlegenes, halb geistesabwesendes Warten, und auf ihren Lippen lag »ja schön, schön, England ist auch ein Land. London ist auch eine Stadt, – aber Frankreich! aber Paris!« Sie sagten 's nicht, aber er hörte es wohl.

Und je öfter dieser alte, gezierte, parfümierte Franzose kam, desto inniger wurde die Freundschaft, natürlich in den besten Formen, dazu waren sie doch zu gebildet, er hätte auch nur was sehen sollen! Nein sie knixten und machten Komplimente und erröteten, trotzdem, ihm riß die Geduld und er verbot ihr wutschnaubend den Umgang mit Lampert Haas.

Sie wurde trotzig, fast wäre es bis zum Fußstampfen gekommen: »Mein' Courmächer will ich hawwe!«

Nun packte es der Englandverehrer anders an. Zuerst verblümt, dann endlich deutlicher machte er dem Kollegen seine Unerwünschtheit klar, das wirkte, der zartbesaitete Französling verschwand von der Bildfläche.

Von nun an aber wandelte sein Gespenst zwischen den beiden Ehegatten, wenn auch sein Name nie genannt wurde; Frau Christiane besonders erwähnte ihn nie, aber jede Laune, jedes herbe Wort, jede Unfreundlichkeit, jeder vorwurfsvolle Blick, jede Thräne, jeder Seufzer hieß Lampert Haas.

Er bemerkte den Umschwung nur zu wohl; keinen freundlichen Blick bekam er mehr, ihr ganzer Witz und ihre sprühende Laune waren zum Kuckuck, oh, und das Übergewicht ihrer Bildung ließ sie ihn fühlen! Der geplagte Hotelier hätte beinahe den Freund wieder hergebracht, wenn ihn nicht sein Stolz abgehalten hätte. Vielleicht, wenn der Anstrengungen gemacht hätte, aber er war und blieb für das Hans Ehrhardt verschwunden.

Erst das letzte Geleit gab er dem alten Kameraden in tadellosem Traueranzug und in tadelloser Rührung. Tadellos war auch sein Kondolenzbesuch, ganz in den Formen der Etikette; nur beim Abschiednehmen, als Frau Witwe Ehrhardt noch einige Thränen wischte und dann seine beiden Hände in alter, warmer Herzlichkeit drückte, beugte er sich nieder auf ihre ringgeschmückte Hand und küßte sie: »Madame!« Ein Klang aus früherer Zeit!

Die Thränen schossen ihr nur so über die Wangen, und sie schluchzte im reinsten, unverfälschtesten Pfälzisch: »Ach, kummen Se wiedder, kummen Se recht oft, ich bin so alleen, Sie glaaben 's gar nit, Monsieur Lampert!«

Nie hatte sie es über ihre Lippen gebracht, ihn etwa Monsieur Haas zu nennen, das klang doch geradezu empörend, absurd. Schickte sie aber etwas nach seinem Hause oder sprach von seiner Familie zu Andern, so fiel ihr nichts dabei ein zu sagen wie die Andern auch: »in's Haase«.

Und Monsieur Lampert kam. Seltener anfangs und nur zu kurzen Besuchen steif, dann auf ihre wiederholte Aufforderung hin öfter, wenn auch immerhin mit merklicher Zurückhaltung.

»Was hawwe Se denn?« fragte sie ihn endlich und schaute ihn verwundert an.

Monsieur Lampert aber schlug die Augen nieder, wurde unsicher, stotterte – er sei doch Junggeselle und sie jetzt Witwe, und die Rebberger – eine Weile standen sich die beiden alten Leutchen blutübergossen und ratlos gegenüber und konnten keine Worte finden. Endlich ermannte sich Madame als der weibliche und beweglichere Teil und als fixe Rheinpfälzerin; sie lächelte, sie lachte, sie platzte endlich heraus: »Allons donc, allons Monsieur Lampert, nous étions à Paris! Losse Se se gehn.«

Von nun an kam der alte Franzose jeden Tag zu seiner Freundin vor dem Wall herausgewandert. Da er ein korrekter Mann war und seine Zeit genau einteilte, verband er seinen täglichen Spaziergang damit. Er war wie Madame ein passionierter Blumenfreund und kam nie ohne eine schöne Blüte oder ein kleines Sträußchen, kein Stäubchen auf den glänzenden Schuhen, kein Stäubchen auf dem eleganten Anzug.

Das war schon immer die heimliche Wut des Beefsteakfressers gewesen, die fleckenlose Reinheit des rosigen weißhaarigen Kollegen, auch seine Art der Höflichkeit seiner Frau gegenüber, diese gemessene, sentimentale Form der Zuneigung, wie sie zur Zeit der Dosenfreundschaften in Schwung war, von ihrer Seite allerdings gewürzt mit ein klein wenig Schalkheit und Pikanterie.

Da saß das alte Pärchen nun in dem zierlichen Duodezgarten und schaute über das Grün auf die weißen Götter, denn auch der beschimpfte, verhöhnte, verjagte Gott war mit Triumph und unter Rebbergs Geschrei wieder eingezogen.

»Wie kann mer norre so sein, der nackig Kerl is doch zu scheen!« seufzte Frau Christiane, und auf Augenblicke zog der Geist des Seligen wieder an ihr vorbei »Oh il était borné,« murmelte sie, damit war aber der Apoll nicht gemeint.

Und Lampert drückte ihr verstehend und voll Zartgefühl die Hände, und sie fingen ihr altes, wehmütiges, begeistertes, ewiges, unerschöpfliches Thema an, ihr hohes Lied der Liebe von Paris. Vor ihren Augen erstanden die Gärten von Versailles und Trianon, wenn sie auf den armseligen, mageren kleinen Garten blickten, erwachte die Stadt ihrer Sehnsucht, ihr göttliches Paris.

Es tauchte vor ihnen auf in der heißen, zitternden Luft eines Sommernachmittags und löste sich aus den spinnwebigen Nebeln eines Herbstabends. Es zauberte sich gleich einer Fata Morgana über die runden Wipfel der Lorbeerbäume, die in gerader Reihe den Eingang säumten, es stand über dem weißen heißen Kies der Wege, es strahlte ihnen aus dem kleinen Weiher entgegen, es dehnte sich aus bis zu den Wellenlinien der Pfälzer Berge, ihr einziges, ihr heißgeliebtes, ihr bezauberndes, ihr göttliches Paris! Sie fühlten wieder seine Unrast ringsum branden, sie liefen auf seinem glühenden Asphalt, sie hörten sein Murmeln, sein Grollen, sein Jauchzen, sein Triumphieren, die Seine rauschte, sie atmeten die Luft des Bois, sie zitterten in dem heißen, versengenden, wirbelnden, lustigen Leben, schrankenlos gaben sie sich dem Zauber hin. Sie hatten sich bei den Händen gefaßt, sie sprachen in abgerissenen, französischen Worten und sie liebkosten sie förmlich, diese armen, stockenden, scheuen Worte.

Die Wangen der alten Dame brannten in hellem Feuer, und Monsieur Lampert's Augen flackerten in dem gutkonservierten rosigen Greisengesicht.

Und dann kamen die ersten Sommernächte, die lauen, mit ihrem weichen, schweren Akazienduft, der volle Mond stand über dem Rhein, und der Garten dehnte sich weit, weit – und da fingen sie an ganz leis, ganz zag, wie die Vögel am Morgen zwitschern, von ihrer Jugend, von ihrer Liebe zu erzählen. Und Monsieur Lampert sah wie eine Vision seine geliebte Braut, die kleine Dorette vor sich, und Madame ihren einzigen, süßen Freund, Charles, die sie beide verloren.

Und sie bebten, wie sie abends bei den verstohlenen Rendezvous an Straßenecken gebebt, wenn der Herbstwind um die Ecken pfiff, sie fühlten die langen Küsse im nächtlichen Dunkel, wo sie zitternd vor Liebe an den Brückenpfeilern lehnten, während das große Paris schlief und die Seine drunten rauschte, sie jauchzten in den hellen Frühlingssonntag hinein, wo sie auf dem bewimpelten Schiff den Fluß hinunterfuhren mit fröhlichem Volk in's Grüne, in's Blühen – ihre ganze Jugend wurde wach, Vergangenes, Verlorenes, Vergessenes, Vergrabenes stieg herauf, und schluchzend sanken sie sich plötzlich in die Arme und küßten sich, küßten sich, wie sie als junges Volk geküßt, und hatten nur den einen Wunsch, sich immerfort so in den Armen zu halten, den süßen Zauber nicht zu scheuchen. Thränen liefen über ihre Wangen, Thränen des Glückes und der Sehnsucht, und bebend kam's von ihren Lippen: Je t'aime, je t'aime.